作者簡介

Ansheles，俄裔香港藝人、網紅、演員、主持及歌手。17 歲時來港讀書，其後成為模特兒。為了在港發展而進修學習廣東話。2016 年起獲邀擔任電視節目主持，2017 年參演個人首部電視劇，2020 年推出英文大碟和創立首飾品牌「EARON」。其主持的電視節目《返歸啦俄仔》廣受好評，其多條社交媒體發布的視頻亦過百萬觀看。外表俊朗，性格鮮明，屬少數在港「入屋」的外籍藝人。

目錄

Chapter 1

星爺導航 定位香港

好多人都知道我在俄羅斯出生，我的故事要從四歲講起……

投錯胎的香港人？

小時候學拉丁舞

如果當年有人同我呢位四歲小朋友講：「有朝一日，你會在香港生活，仲會出版一本中文書。」我應該會相信呢番說話，事關年紀少少的我已非常鍾意中華文化，有睇過《臥虎藏龍》同《少林足球》，而且經常要求媽媽帶我去學中文。可惜當時在整個莫斯科，或者只得我呢一位小朋友有如此奇怪又難明的興趣，媽媽無辦法找到適合的老師，只好安排我去學其他俄羅斯小朋友都會學的東西。

我用了六年時間學拉丁舞，令自己看起來斯文一點及靈活一點；亦有學游水，學識長時間不說話及閉氣；還有空手道，學識「俾人打」。另外媽媽又安排我去學法文，但我完全無興趣，一點也學不到，我一心只想學中文。

無心向學 只想搞笑

我經常為同學帶來歡樂

到了 17 歲，我實在不想再讀書，當時已在塞浦路斯生活了八年。坦白講，只要我再讀多一年就可以畢業，但我實在好想盡快離開這個城市，去做自己想做的事，過自己想過的生活。同時我又覺得，就算我真的讀多一年，學校都未必畀我順利畢業，因為我的成績實在太差。於是我決定混入畢業班，偷偷地跟他們一齊畢業。畢業班的師兄師姐都是我的朋友，最後我順利跟他們參加畢業派對，但校長就不准我參加學校的正式畢業禮。

小時候我經常轉校，在每間學校都是最有名的小朋友，「出名」的原因，是因為我經常扮演班級小丑 (Class Clown)，為同學帶來歡樂，同時都為學校帶來麻煩。我會偷偷地走出學校外面食煙，可能太大意，次次都俾人捉到。我完全無興趣讀書，返學只是為了氹同學仔笑，平日上堂已經好悶，對我來說所學到的都是沒用的東西，我的存在價值就是令同學開心。

McQueen 準師弟

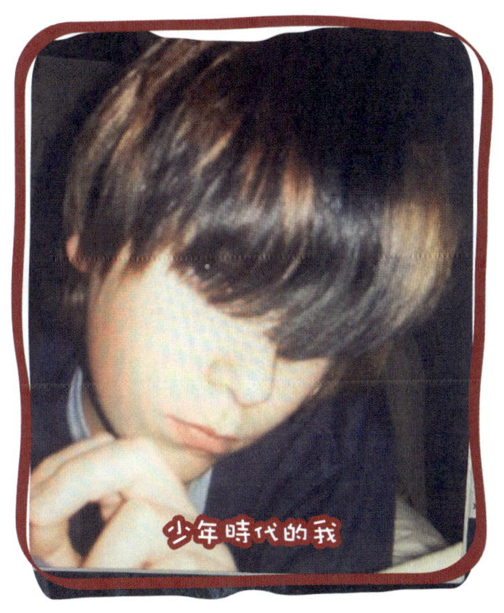

少年時代的我

在所有學科中，我只對美術感興趣，不過就算是美術科，都不是完全可以任得我自由發揮，所以在最後兩年學校生涯，我同時兼讀一個時裝設計基礎文憑。當時我的偶像是 Alexander McQueen，我希望可以像他一樣入讀 London's Central Saint Martins（註：被認為是倫敦最好的藝術學校，培育出很多知名學生）。

我是一個行動力好強的人，每次好希望做到一件事，最後總會做得到，所以最後我真的成功獲得 London's Central Saint Martins 取錄，好可惜媽媽話家庭經濟環境支持唔到，最後無讀到。她叫我選擇去一個她能夠負擔得起的地方讀書，我突然想起小時候自己有多喜歡中國，好想實現四歲時想學中文的願望，同時兼讀設計，一次過實現兩個夢想。

放棄北京 投奔香港

很快我就在網上找到一間在北京的美術大學，我和媽媽馬上飛到當地了解。現在已經唔記得這個旅程的細節，只記得自己感到非常害怕，一來文化完全不同，二來當地人不說英文，而我完全唔識中文。

我唯有在網上繼續搜尋，很快又找到另一個目的地，就是可以說英文、也可以學中文的香港。之前我從未聽過「香港」這個地方，雖然我好鍾意睇《少林足球》，但我不知道這是一齣香港電影，也不知道入面的對白是廣東話。由於我要在短時間內做決定，所以最後放棄北京，選擇香港，我覺得香港中西合璧，可以畀我一步步慢慢融入。

我在香港的故事，就係咁開始了……

我在香港的第一天

有一件事一定要事先同大家講，不知是否得我一個如此，每次去完旅行，我只會記得發生過哪些不好的事，感覺特別強烈。之前我真的想過開一間旅行社，專門給客人不好的旅遊體驗，令大家最難忘。所以當你們看我這本書時，覺得我好似只說不好的事，那是因為我比較容易記得不好的東西。

我覺得每個城市都有她獨特的味道，當你下飛機時聞到的氣味，就是這地方給你的第一個印象，就好似你第一次見一個人，對方的氣味會令你留意及記住。雖然香港的氣味有少少奇怪，但我幾鍾意，似海鮮混雜新鮮空氣。鍾意這個氣味之後你就會什麼都鍾意，由機場坐的士去酒店，沿途望住高樓大廈隔離有一座座綠山，令我好深印象，我未見過人同大自然可以生活得如此接近。我覺得這個地方好適合我，一定要找到方法在這裡生活。

香港給我最直接的印象是一個反轉了的世界，每樣事物都跟我之前接觸過的完全唔同，我看到的、聞到的、感受到的，都令我很不習慣。香港是一個 24 小時都會發生很多事的地方，而 17 歲的我正正充滿能量，很容易會愛上這個地方，覺得很適合自己。雖然第一個星期我在香港行街時沒有拍片，但如果你有機會見到我當時的表情，會發現我由朝到晚都是一個被嚇呆的樣，因為遇到好多新奇事，感到迷惑同時又好開心。

第一個挑戰：極端天氣

要適應香港的天氣是一大挑戰

我和媽媽抵達香港時是六月，幾乎天天都下雨，我們兩個外國人不習慣用雨傘，留在家時又為了慳電唔開冷氣，所以很不習慣這種天氣。我們都很驚訝，為什麼香港的室內地方可以凍過俄羅斯冬天一月夜晚的時候，但戶外又可以熱過焗爐？香港有很多商場，經常要穿過商場去另一個地方，出出入入就好似經歷唔同天氣，令我們非常不適應，來港第一天已經鼻塞。雖然鼻塞，但仍然聞得到我們入住的銅鑼灣四星級酒店地氈潮濕的氣味，亦聞到隔離住客食榴槤的味道。呢種味道似做完運動後未洗的衫，後來我先知道是一種生果。

我們第一樣買的東西是偽 Hermès 圍巾，以應對十分鐘轉一次的天氣，然後開始想應該去哪裡觀光，看看本地文化，以及另一個最重要的目的，找適合的大學入讀。媽媽完全唔識英文，只能靠我一人做所有資料搜集。我的計劃是首先上山頂睇香港獨特的風景，之後搭地鐵過九龍。我認為如果要好好在一個地方生活，一定要認識當地的交通，最後再到尖沙咀行街購物，在香港這個購物天堂不可能無 shopping。

美食天堂的地獄西餐

當日第一件做的事是在酒店吃早餐，我仍是一個小朋友，對食物不是很講究，媽媽就好喜歡嘗試新菜式，特別是中國菜，但我不喜歡，所以迫她跟我一起吃西式早餐。吃下去完全不似以往吃過的西餐，很快發現香港的西餐並不正宗，感覺比中菜更奇怪，好似廚師之前從沒吃過西餐，只是聽過其他人形容，然後就用自己的方法煮。我記得去過一間專賣意粉的西餐廳，當時認為無可能連這間都做不好，可惜到最後也是令我很驚訝，他們整出全世界最難食的意粉，就算過了 12 年，仍然非常記得！

成碟意粉只有一樣事做得對，就是有嚼口，但不是指意粉，是指雞肉。雞肉是奇怪的粉紅色，吃落似擦膠。如果有一個意大利人來吃，我估他一定會用意粉吊頸。整碟意粉很少汁，是想慳錢嗎？還是汁藏在最底？我也不清楚，因為我沒怎麼吃，不想冒險。我已經鼻塞，不想再加埋肚痛。

在整個旅程我也沒吃什麼東西，因為單看賣相已經唔係幾想食，不過我發現原來外國人好重視食物外觀，但食物味道一般；相反香港的食物外觀唔吸引，似我隻狗的嘔吐物，但食落去又唔錯。

文化差異引來怒睥

第一個目的地是山頂，媽媽被那裡的景觀震懾，我就花大部分時間跟一舊鋪滿青苔的石頭自拍，整個大自然都很特別，充滿異國風情，之前從沒見過。無論去到邊都要排隊，但媽媽不愛守規矩，經常打尖。大家都知道香港人對打尖有幾敏感，所以我們經常「俾人睥」。我在歐洲長大，不認同媽媽的做法，經常要代她向周圍的人道歉。不過坦白講，因為媽媽打尖，我們才可以用最少的時間看到最多的東西。

媽媽的行為引來奇異目光

看完香港最高的地方，我們就落最低的地方——地鐵。媽媽非常喜歡地鐵，一進去就覺得好特別，有一點我覺得好好笑，她想跟朋友分享香港的地鐵有多好時，會形容「香港地鐵乾淨到可以用條脷去舔」。我不知她為什麼要這樣形容，可能不同顏色的車站望落好似糖果。我都很喜歡地鐵的設計及覺得好乾淨，但令我印象最深刻的是香港人和地鐵的關係，他們會在月台車門兩邊排隊，等乘客下車才上車，好有系統。當然我媽媽不會跟，所以我們又「俾人睥」。

不過講真，外國人又點會知道這些規矩？除非有一本很詳盡的指南給他們看。我在香港生活了12年，也不完全知道所有搭地鐵的規矩，因為實在太多，每個城市都有自己的規矩，要生活一段好長的時間才會全部都知道。

排隊方法大不同

例如在俄羅斯，排隊方法跟香港完全不同，當你進入一個很多人在排隊的地方時，你不會見到一條明顯的隊伍，到處都是人，你進入時大聲問誰是最後排隊的人，然後會有人回應你，你要回答對方：「好，我就跟你啦！」

現在回想這個文化，會否因為俄羅斯人不介意互相多接觸，而香港人就不愛跟陌生人溝通？加上香港人不介意長時間站在同一個位置，俄羅斯人不可能企咁耐，一定要自由自在行走。地鐵即時成為我在港最喜歡的交通工具，很容易搵路，又容易明白。八達通也是一個天才級發明，雖然我不知為什麼叫 Octopus，或者因為聽落似 Auto Pass ？

購物天堂劏客實錄

最後的目的地是尖沙咀，終於可以行街購物。媽媽對服裝及食物最感興趣，我就見到很多奇奇怪怪賣相機的舖頭。我有玩開相機，雖然不算專業，但在朋友堆中我是第一個開始拍片的人，其他人最多只是影相。我對這方面好有興趣，於是媽媽買了一部專業相機給我，但我家沒有其他人感興趣，所以無人可以教我點用專業相機。

當我見到尖沙咀有很多相機舖頭，我以為他們可以幫我配相機設備，等我影些更靚的相。我問 Sales 如何可以令影相質素更好？他介紹我買一個濾鏡，售價 500 元港紙，我相信他所以買了，後來感覺不太好，去第二間店舖問，原來 50 元便可以買到，我才發現俾人呃，但因為我用媽媽的錢來買，所以不敢告訴她，還要在她面前扮到個濾鏡很有用。

當日我無再購物，怕再俾人呃，現在我當然知道哪些舖頭是呃人，例如寫住 Tax Free 一定要小心，香港根本沒有購物稅！

原來香港不重視設計

我越來越喜歡香港，無論做什麼、看著什麼地方、在哪條街道行，我都覺得這個地方很神奇又很吸引，一定適合我，我只剩一個星期的旅程，一定要找到方法可以長時間留在這個地方，然後說服媽媽也同意讓我留在這裡，不過我覺得不會太難，事實上她也喜歡香港，希望我能在這裡生活。

媽媽對選校不熟悉，無法提供任何幫忙，我只好自己做決定。在香港的這兩個星期，我要找到合適的大學，到場親身了解，申請入學及提供一個 portfolio 給大學參考。之前提及我讀過兩年設計基礎課程，最主要的興趣是時裝，但我看完香港所有大學的課程，也找不到一個純粹關於時裝的課程。

我發現香港不是很重視設計行業，在亞洲文化中，設計不算一份工作，對亞洲的父母來說，只是一個不太重要的興趣，要做律師或醫生才是專業。但諷刺的是亞洲市場佔奢侈品市場八成，他們喜歡買名牌及名設計師的出品。

尋找大學的經過

不過到了這個時候，讀什麼也不緊要，最重要是找到方法留在香港，其他安排可以之後再調整。第一間找到比較合適及吸引的學校是香港理工大學，可惜除了時裝設計，我沒有其他關於設計方面的 portfolio 能夠提供到，最終他們拒絕了我的申請。Saint Martins 我入得到，PolyU 我入唔到，是否有點荒謬？

之後在網上找到 HKDI，瀏覽過他們的網站，設計得很美但不太看得明，我決定親身去睇睇，找職員問問，於是約好時間見面。到達調景嶺地鐵站及出閘後，我和媽媽也目瞪口呆，眼前出現一座如外星人太空船的建築物，仲有我人生見過最長的一條樓梯，設計非常新，有些地方仍在施工，怪不得網站只能提供有限資訊，原來是一間很新很新的學校。

被外星人迷惑了

我們前往辦公室的途中見到很多人，他們看來很開心，我有點不明白，PolyU 對我沒有那麼熱情，而這邊的職員未看過我的 portfolio，未知我想讀什麼，就已經對我很熱情，很想我成為他們的學生。校方提供了一個七小時的校園導賞團給我，話我知學校有幾大，有幾國際化，有幾多外國在讀生。他們稱所有課程都是用英語授課，我應該會很自在，但問題是沒有我想讀的時裝設計，只好選擇產品設計。

雖然我沒相關經驗，但對我來說這不是重點，最重要是留在香港。我想我能學到一些新東西，校方應承會教很多很新很尖端的軟件，玩很多 3D，相信對日後做時裝設計也會有幫助。一切看似很適合我，我決定在這艘太空船讀書，他們也沒有多加考慮。當前要做的是回塞浦路斯整理好所有行李，準備搬到另一個城市生活，期間等學校幫我辦學生簽證。

很多事情都在同一時間發生，我沒有太多時間停一停、諗一諗，評估一下有沒有風險。一個只有 17 歲的小朋友要為自己人生下一個重大決定，很容易會出事。但沒辦法，這就是我當時最想做的事。我要回塞浦路斯，整理好所有行李，搬離一個我已習慣及喜愛的地方，所有朋友、婆婆、妹妹、我習慣的文化及語言都會離我而去，突然間要搬去一個文化完全不同的陌生城市。

離愁別緒湧上心頭

年紀小小已要為自己的人生做決定

當然，在我選擇學校及去香港旅行時，沒有想過這麼多，只覺得可以獨自去一個很遠很遠的地方開展自己的人生，是一件令人很興奮的事。在塞浦路斯收拾好所有行李後，我坐的士去機場準備離境時，有四個行李箱、媽媽及兩個好朋友陪我，我突然醒覺人生即將永遠改變，我開始爆喊，喊到快要斷氣。我一隻字都講唔出，兩個好朋友也跟我一樣喊起來，因為他們也即將離鄉別井。在車上我突然想，如果在香港生病，誰來照顧我？我可以向誰求助？什麼也沒有，令我很沮喪及擔憂。

十多小時的機程，中途停杜拜，再飛香港，只記得我的眼睛什麼也看不清，因為喊了很久令眼睛腫了，幸好媽媽陪我飛香港兩星期，但我清楚知道，她之後也會離開我。經過約 16 小時的機程，令我明白日後我跟我的家相距有多遠。

學校和宿舍的距離

再次來到香港，今次沒有去觀光，而是有目標要一一完成。我們第一個去的地方是宿舍，我計劃第一年會住學校宿舍，我看過很多美國電影，睇到住在宿舍可以見到很多同學，參加很多 party，有很多留學生，會遇到跟我差不多經歷的人，互相幫助，至少我是這樣以為。

上次來港時我們沒有參觀宿舍（這是一個非常大的錯！），抵達後我非常驚訝，學校在調景嶺，宿舍卻在薄扶林，要坐一個半小時車程才到達學校，期間要行，坐巴士、地鐵，再行，才返到學校。我第一次聽宿舍和學校距離這麼遠，通常宿舍都在學校附近。

幻想與現實的距離

但這也不是令我最震驚的地方，之後慢慢開始發現其他古怪事。下車後第一眼看宿舍非常新及乾淨，接待處的職員友善地帶我們去找房間。我、媽媽、接待員及四個行李箱一起上樓，在一條極小及寒冷的走廊，見到很多空房，沒什麼人。未到房間前，我仍然很興奮，有很多幻想，很想知道未來一年會住在什麼地方，希望房間會有一個向海景觀，或有一個好酷的同房，或有一個大浴缸。

期間見到一個共用廚房，雖然面積比較小，但設備齊全，又十分乾淨。我不停看進沿路的房間，很想偷看一下內裡的環境，但所有門都關上，只有一道房門微微打開，見到有個人頭。他發現我們經過就望一望我們，我很興奮，終於可以見到第一個同學，很想跟他有眼神接觸，但對方冷漠地把門關上，沒機會打招呼。我不太上心，只想盡快走到自己的房。

展開港式劏房生活

終於到了房門口，保安幫我推開門，門後有另外四道房門，我覺得很奇怪，之前沒見過這種間隔，好似將一間勁大的房間分成兩間細房，令我更加興奮。保安打開左邊第一道門，是洗手間，右邊第一道門，是浴室（可惜沒有浴缸），他再打開左邊第二道門，我和媽媽也非常震驚！面前是一間極細小的房間，房內有兩張床，面對面，很接近，兩張床中間有一條很窄的走廊，窗外就是香港典型的樓景，走廊盡頭有兩張檯及兩張膠椅，床頭有一個很小的衣櫃。

我們兩個也被嚇呆了，終於見識到香港的家居實況，但現在已太遲，錢已付，文件已簽，無論如何都要住。保安離開後，我們坐下來不發一聲，因為實在太驚訝，不明白發生什麼事，想想有沒有其他解決方法。我見到媽媽不太開心，我不想令她更擔心，唯有扮無事。我將四個行李箱放進來後已把所有空間佔用，根本沒有位放行李內的東西，就算全取出來放進衣櫃，空的行李箱也沒有位置放。現在室友還未到，他到的話會怎樣？我都放棄了，媽媽說這間房比我們家的儲物室更細，但房間細也不是我在宿舍遇到最差的問題。

往後每晚大約深夜二至四時，我聽到很大聲的呼叫聲及敲擊物品的聲音，非常恐怖，好似睇恐怖片，聽落不似在我們的大廈傳出來，但感覺也很近，令我無法入睡。數個月後我才發現是窗口對著的大廈傳來，原來那是一間精神病院。我晚晚睡得那麼少，我想很快也會搬進去跟他們一起生活，我都快要瘋了！

點解我總係例外

事情發展至今已經無得返轉頭，我們還有很多事要處理，未試過由一個地方搬去另一個地方生活的人，是不會明白有多少事要處理，一切要重新開始，要學習新的文化及系統，好似一個俄羅斯洋娃娃，一個任務入面又藏住另一個任務，一層一層深入去，好複雜。

例如要開本地銀行戶口去交學費，我需要有一個電話號碼；要有一個電話號碼，我需要一張香港身份證；要攞香港身份證，我需要一個電話號碼；要有一個電話號碼，我需要有一個銀行戶口……好似一個沒完沒了的循環，究竟有雞先定有蛋先？最無奈是我只得 17 歲，以上所有都需要一個監護人幫我簽名，但我得自己一個在香港！

在處理這些事情時，我發現香港有幾嚴格同無彈性，在俄羅斯他們會體諒你的情況，甚至會幫你做他們不需要做的事。但在香港，大家只會自己顧自己，完全唔理會我是一個只有 17 歲的外國人，他們不想幫我手。我是一個不清楚這個城市的規則及系統的人，覺得所有事情都很複雜，他們只想負責自己崗位的事，不想解釋太多。

每次我提出問題，對方只會回答：「我要問問上司先。」好似只識做自己崗位的事，其他事全部都不懂做，我去哪裡都總成為特殊例子，他們好似從未處理過這種情況，無論去哪裡都要坐好長時間等候，無人同我解釋發生咩事，最後花了很多時間，結果乜都做唔到。得一件事比較順利就是出張八達通，難怪我咁鍾意搭地鐵。

正正式式得返自己一個

我們花了很多時間安排各種事項，包括去 IKEA 買日用品，時間過得很快，兩個星期過去，媽媽要返俄羅斯了。當日的情景我呢一世都會記得，心裡有種很沉重的感覺。我記得我們拆開在 IKEA 買回來的東西，媽媽盡可能將那個細小的房間整理得舒舒服服，當她差不多準備搭的士去機場時，她看上去很緊張我，但盡量保持冷靜，只叮囑我要做一個好的小朋友，好好照顧自己。我隨口回應她，心裡只想著她一離開這個門口，我就可以正式開展成年人生活，可以去開 party 了。

我送她上的士後，一個人返回房間整理剛買回來的床單，突然之間開始爆喊，就好似上次同好朋友搭的士去機場的情形。我喊到傻，因為要正式開始一個人在香港生活，就好似 BB 出世剪臍帶那一刻，要開始同媽媽分離。

正式離開媽媽自己一個生活

Chapter 2

俄同鴨講 入鄉隨族

幾個星期後，我開始適應香港的生活，呢度一切都同我家鄉唔同，我要用另一套方法去思考，要拋開以前的習慣，才可以融入這個城市。

沒完沒了的規則

簡單來說就算要過馬路，我都要看另一個方向，而不是以前習慣看的方向，或者過馬路前要按掣轉綠燈，還要習慣燈號發出的聲音。我的家鄉沒有這些東西，沒有掣，沒有交通燈聲，有時連交通燈也未必正常運作，我們見到沒有車就跑過馬路，但求不會車死。香港的一切都很有規則，無論你做什麼總有特定規則，有些不會寫出來但個個心知，有些就會清清楚楚用標貼話你知什麼可以做，什麼不可以做。例如去廁所，我覺得好似玩密室逃脫，不知道大家有沒有玩過？當你入房後，你會看到第一關、第二關……有很多規則要破解才可以走出去。香港的廁所其實也差不多，那些標貼寫了很多不同的事要你遵守，不可以用太多紙巾、洗手要 60 秒、不要撥水到地上、不准拍攝、不准放廁紙進馬桶、不准奔跑等等。

究竟是否真的有需要呢？當我第一次看到這麼多標貼時，我就想，提出貼標貼的人是否覺得香港人這麼蠢？為什麼要經常提醒他們做或不要做這些那些？當他們想做那些不准做的事時，看見標貼就能改變他們的想法？沒有標貼提醒，他們就真的會做？不過我也很努力嘗試在公眾地方遵守所有規則，無論我在香港生活了多久，做什麼工作，甚至取得香港護照，我始終還是一個外國人，作為外國人就要努力去適應另一個地方的規則，到現在我仍感到不自在。

我是一條中國龍

過了幾星期，我亦慢慢在宿舍房間安頓下來。很幸運目前仍未有室友，隔壁的床是空空的。我無法想像日後要跟一個人睡得如此近，近到我可能晚上可以聞到他的口臭味。為什麼要將床放得那麼近？我更無法想像，在這麼小的房間，如果多了一個人，究竟他會把自己的東西放到哪裡？我已經把我的東西放到他那邊的衣櫃及櫃桶，但也不夠位用。

新學期還未開始，比較空閒，我想快點結識新朋友，嘗試用家人教我的方法。如果你想跟一個人做朋友，可以主動同對方 say hi，然後開始說話，跟他說你想和他做朋友。但在這裡，他們有自己交朋友的一套規則，跟我平時習慣的方法不同。一開始，我嘗試敲鄰居的房門，因為我看見門外有雙鞋，裡面應該有人。但他們都不會開門，就算我聽到裡面有聲，知道入面有人，他們都不會開門。他們好像怕了我，我覺得自己好似一條中國的龍落到一條村落，人們見到這條龍就大驚，然後鎖起門等條龍無法進入。

於是我又嘗試另一個方法，在外面的共用地方徘徊，禮堂、大堂、廚房甚至坐在雪櫃旁邊，我相信總有些人要離開房間來取食物或煮飯。終於，我真的捕捉到一些同學出房，但他們全都是內地人，不懂英文，我很努力嘗試跟他們溝通，用盡所有手勢和翻譯程式，但是他們都不敢跟我說話，很快取走想拿的東西就跑回房間。

主動出擊搵酒鬼

我開始覺得很累和不開心，認為那些人都不喜歡我，但日子久了慢慢明白，他們不是怕我，而是怕說英文。好了，既然這些方法都行不通，無法讓我找到一些會說英文的外國同學，那不如讓他們找到我。我突然有一個很好的想法，像釣魚一樣，用一條蟲作魚餌，吸引所有魚主動游過來。

在我的家鄉，所有朋友只要聽到「free alcohol」就會很感興趣（包括我自己），我想用這個方法吸引外國人同我做朋友。我很認真地認為這是給人第一印象及交朋友的大好機會，於是決定在我房間搞一個 party。因為這是一所設計學院，所以我很用心手繪一張 party 海報張貼在宿舍每個樓層。我用很多五顏六色的筆畫出一個很美麗的繪圖，上面寫著「foreign student dorm party」，地點是我的房間，「free unlimited alcohol」，嘩！外國人一定會來。

雖然距離 party 還有一星期，但我一定要做好準備，確保一切完美，第一印象很重要，我希望給大家很好的第一印象。首先我要做到應承大家的事，就是 free alcohol，我拿了四個行李箱中最大那個，出發到隔離的超級市場。在俄羅斯的超級市場，有一半的商品都是酒，但在這裡只有一個很小的位置，可以選擇的都是那些大路的飲品，Vodka、Whisky，還有一些不是很特別的 Rums，不過也足夠畀我整 cocktail，我很喜歡整 cocktail，但不太喜歡飲。

心慌慌運送違禁品

這座宿舍很大，我估大概有 30 至 40 人會來 party，一定要買很多很多酒。我放了很多酒樽到行李箱，多到差不多關不到，差不多整爛，但我還要拖這個行李箱回宿舍。有去過薄扶林的人都知道那裡有幾多山路，不是一條直路，我要上去、下去、上去、下去，還要帶住一個有很多玻璃樽的行李箱。那些樽在入面發出劈劈啪啪的聲音，我想這個行李箱大概有 70 公斤，可想而知有幾重同埋有幾嘈。我已經很小心，但還是整爛一個啤酒樽，啤酒倒瀉了整濕行李箱，仲聞到啤酒味。

當刻我覺得死硬了，點可能將行李箱運入宿舍？外面有個女保安，她怎樣都會見到、聽到或聞到行李廂入面有酒，還要是很多的酒。差不多到宿舍，每行一步，我就更加緊張，每行一步，我的心跳得更加快和更加大聲。我想如果不是行李箱發出劈劈啪啪聲，你一定會聽到我的心跳聲。當然我不可以俾保安睇到我幾緊張，刻意做出一個又忙又自信的樣子，嘗試盡快跑入電梯。但保安揮手叫我停下，弊！她一定捉到我了。

原來她叫停我不是因為知道行李箱內有酒，而是想講關於海報的事。又有一個我不懂的規則，就是不可以隨意張貼海報。嘩，規則真多！她說會撕走我所有海報，不可以這樣做。我沒那麼專心聽她說，怕她會發現我的行李箱有古怪，便跟她說：「得得得，麻煩你，明白。」然後盡快走入電梯。

買完酒，Party 已準備得七七八八，但現在我煩惱的是如果同學看不到那張海報，怎麼辦？最後我想到一條絕橋，就是手寫很多很多張海報，然後逐張攝入房，我覺得這個方法更加好，肯定每間房都會收到海報，人人都會見到，預計一定會有很多人來我的 party。我用了幾天畫完所有海報，逐一攝入每個門口，每攝一張我就越來越開心，好期待 party 快點來到。我還佈置好房間及練習調酒技術，又想到幾個很好的破冰遊戲一起玩。

人呢？鬼呢？

終於到了 party 那天，原定晚上八點開始，不過我估到大家都會遲到，正常沒有人會準時到，準時到就唔型了，特別如果有法國人，他們一定會遲到。但到了九點仍見不到一個人，我就覺得有點奇怪。過了一個小時，為什麼還沒有人？為什麼我沒有見到那些「鬼佬」？難道他們真的是鬼？時間一直過去，依然見不到任何人，我真的覺得很不開心和心碎，我準備了那麼多，希望識到新朋友，最後變成自己一個坐在一間佈置好的房，有很多遊戲，買了很多酒，但無人分享。

我覺得自己很蠢又很尷尬，雖然沒有人見到，但我還是覺得很尷尬。不可能沒有人知道這個 party 吧！我在每間房都攝了海報；我也不覺得是自己的問題，我根本什麼人都沒怎麼見過和接觸過，不可能在他們身上留下壞印象。那究竟是什麼原因沒人來呢？

過了一段時間我終於明白，原來這座宿舍根本一個外國人也沒有！這裡住的全都是內地學生，他們明顯很怕講英文，不想跟我溝通。我想他們看到這張海報時，得知有一個鬼佬應承畀很多很多酒他們，加上英文，對這件事一點興趣也沒有，完全不吸引。他們平時都愛留在房間打 LOL（《英雄聯盟》），沒興趣及很害怕交朋友。我用自己原有文化的方法去吸引他們，當成一條鎖匙，但原來他們平時用的鎖匙和鎖是完全不同的，我的鎖匙開不到他們的鎖，他們有自己的文化和方法識朋友。

究竟我有咩問題？

夏天完結，準備上堂，其實我還有一絲希望可以在學校見到外國朋友，不過既然宿舍都沒有，大學入面也未必會有，如果不在宿舍，他們會在哪裡生活？果然我是對的，第一個星期的第一堂，所有學生聚集在一起，一個外國人都沒有，我覺得自己很奇怪，只有我一個外國人，身邊全是亞洲人。

我覺得周身唔自在，無論做什麼大家都看著我。我每一個動作，發出每一粒聲音，都覺得很尷尬，大家好像經常都看著我，我嘗試將自己縮到好細及發出很小的聲音。很多時候不同的課堂，同學們都要分成小組，大家看來都很害怕跟我在同一班，不明白為什麼會這樣，好像聽到別人在說閒話，雖然我不知道他們在說什麼，但估到他們很怕跟我在同一班。究竟我做錯了什麼？我是不是很臭、很煩、很醜？為什麼？我什麼都沒有說，不覺得自己有什麼特別不好的地方，為什麼大家都不想跟我在同一班？

估唔到語言障礙係咁大

慢慢我明白為什麼這樣，每次當我進入那間班房，那個老師就要說英文，每次我一推門進去就看到所有學生和老師失望的樣子。很多老師英語不好，要他們說英文是一大挑戰。而學生又聽不明英文，什麼都學不到，這個情況下沒有人贏，個個都輸。就算老師說英文，我也不是很明白究竟他們想說什麼，他們不夠用詞去解說一個題目，學生什麼都不明白，不知道發生什麼事，大家都很掙扎。我好像走入一條掘頭路，很自責，因為我，大家都要掙扎，亦加重了老師工作的難度。

同時我又覺得好對唔住自己，這個情況好像沒有出口，我不是故意令事情發生的，不知道事情會這樣。唯一一個解決方法就是我不再出現在課堂上，這樣便不會阻住別人讀書，不會麻煩到老師及同學。就算我真的去上堂，也什麼都學不到，那如果我學不到，為什麼我還要連累其他同學都學不到呢？特別是英文必修課，有時我也要幫英文老師去講解，他都不合資格做英文老師，但學校竟逼我上英文堂，真好笑。

我覺得很奇怪，英文在香港真是第二官方語言嗎？那為什麼他們不講英文？還有學校承諾給我一個國際級的教育課程，而在學校裡唯一國際化的東西，就是我自己！這是我人生第一次有興趣讀書，想學越多越好，但是又學不到，很苦惱。所有的功課，所有課堂上的簡報都是中文，無論我有多努力都是不明白，不知道究竟要怎樣做，因而影響學業分數，成績越來越差。

識朋友又出亂子

我很努力嘗試學習，但連功課都看不明，於是嘗試和同學做朋友，可能他們懂得解釋給我聽。但是我也用錯了方法，用慣常在家鄉的打招呼方法對香港的同學。平常見到朋友 say hi 和 say bye 時我們會錫對方三啖，然後互相擁抱。如果現場有十個朋友，每一個你都要 kiss 和 hug 才可以離開，你不做的話，他們會覺得很冒犯，好像不當他們是朋友。對我來說這件事完全沒有問題，非常正常，而且一定要做，沒想過這件事在香港會變得奇怪。

有一件事令我很難忘，我嘗試將這個方法用在香港的同學身上，記得當日我想抱著一位女同學，然後她好像一條魚在我的手臂跳出來，推開我，樣子極度害怕。我的手好像一個籃球架，她好像一個籃球一樣彈出來。發生了這件事令我非常尷尬，好像傷害了她，我上了寶貴一課，以後再沒有用過這個方法在香港的同學或朋友身上，並學會了保持距離跟人揮手微笑打招呼。

香港人討厭接觸

香港人 say bye 的方法就是不停揮手和說 bye bye，雖然我覺得好似個傻仔，不習慣這樣做，但是他們好像喜歡這個方法多於我慣用的方法，我唯有跟隨，令他們不會不舒服和尷尬。這些文化沒有人會講，沒有人會解釋給你聽，你要自己去學，去經歷，才明白在香港文化裡，觸碰別人是帶點攻擊性，大家都不喜歡，這裡是一個主張沒有身體接觸的地方。

和我家鄉完全不同，你喜歡那些人就要觸碰他們，越多身體接觸代表越喜歡對方。人們之間有很多身體互動，溝通都是用身體，經常會用很多手勢去表達我們想說什麼。例如我突然記起一件事很想盡快跟朋友分享，我會捉緊朋友的手，這些做法對我來說很自然，已成習慣，或者如果見到朋友有眼睫毛跌落塊面，我會幫他整走，是沒有問題的。但在香港，只有情侶才會這樣做，如果我跟其他人這樣做，她們會覺得我是在展開追求，就算我沒有這個意思，純粹想做朋友。在香港我要很努力逼自己不要這樣做。

另一樣我很快發現的是眼神接觸。我記得家人經常教我，如果你跟別人說話，或別人跟你說話，你都要望住對方的眼睛，讓他們知道你是在跟他們說話，或是在聽他們說話。但在這裡我發現大家都想避開我的眼睛，如果你死死望住對方，人家會覺得反感、沒禮貌和很尷尬。

變完龍又變八爪魚

我在香港已住了 12 年，經常都要逼自己不要做以前做過的事。我要學習本地文化，其實係有少少唔開心，但我真的開始變了，變到當我跟外國朋友在一起時，他們會覺得我很奇怪，因為我不再喜歡別人觸碰我，又不會看著他們的眼睛說話。我好像完全變了香港人，習慣了這裡的文化，成功改變自己令人不再感到不舒服。但當回到家鄉就會令那邊的家人朋友不舒服，我用回香港的方法對待他們，不喜歡別人觸碰我，我在家鄉變了怪人。

在不同地方生活過，吸收了不同的文化，現在我已不是很清楚自己究竟是誰？我不能跟任何其中一個文化完全接軌，不能說是完全俄羅斯文化，或完全歐洲文化，亦不能說是很明白或習慣香港文化。無論去哪裡，我都有點不舒服，大家不會明白我的感受；無論去哪裡，都難以與其他人接軌。

我一直覺得自己是一個外人，要跟別人溝通或明白別人，或令別人明白我，都需要很多很多的努力，而且要「扮嘢」才可以合得來。我變成自己最喜歡的動物——八爪魚，可隨時改變自己的顏色及形狀去融入不同環境，大前提是每個環境你都要明白得很清楚，才可以隨時變形和融入。

識唔到本地朋友

已經過了幾個月，我無法專心讀書，反而較專心學習如何在這個城市生活，學習這裡的文化。我常常走堂，已找不到上堂的理由，一來不知道老師說什麼，二來又阻住別人讀書，所以選擇逃學，免得再被人怪責。

到現在我還沒有看到外國人，也還沒有室友。沒有室友我是有點開心的，可以有更多空間把我的垃圾都放在他那邊。其實我也想認識本地朋友，等他們可以帶我去一些 Google 不會介紹的地方，或教我本地文化，但是他們不懂說英文，不是很想跟我溝通。就算他們嘗試很努力地跟我說英文，那個語言障礙令到他們覺得很尷尬和怕醜。

隔離飯真係特別香

最後我決定冒險出去識外國學生，最好的地方當然是蘭桂坊，那裡的公廁附近有一間 7-11 便利店，有很多外國學生聚集及買飲品，飲到醉醉地才去 clubbing。因為他們想慳錢，所以預先在便利店飲些東西，入到 club 時就不用叫那麼多飲品。

「鄰居的草總是特別綠」，我見到其他每間大學都有自己的外國學生群組，圍在一齊幾開心，我希望自己都有機會跟自己學校的外國同學做朋友。我試試跟其他大學的外國學生做朋友，感覺不是很合得來，我好似一個很奇怪的小朋友，沒有人識得 HKDI 這間學校，又得自己一個人前來。平時他們可以在各自學校的咖啡室或宿舍聚會，大家之間有很強的連繫，而我跟他們只會於周末在蘭桂坊見面。

要來的始終要來

過了幾個月，我的室友終於搬進來了。不用估，當然是一個不會說英文的內地人。我們很努力嘗試聊天，但是中間有一條萬里長城阻隔，是語言上的萬里長城。他有點奇怪，很沉迷女色和賭博，但都比那些只留在房打機的同學好。我不介意他那些癖好，只介意要搬走放在他那邊的行李廂和勁多垃圾。

我記得他買了些 Kamasutra Cards（關於印度愛經的啤牌），圖畫全是不穿衣服的人在做愛，他將這些啤牌掛在窗邊做佈置。我覺得有點奇怪，但那邊是屬於他的，我說不了什麼，他開心就好。我一向都是這樣，不是很喜歡投訴別人，我覺得每個人都有自己想做的事，只要不影響別人。我都想別人這樣對我，但不是每個人都像我這樣，特別在香港，人們很喜歡投訴。我帶朋友上來宿舍玩到好夜，很多同學都投訴我發出太大聲浪，於是宿舍提前了宵禁時間為晚上十點，所有不是在宿舍生活的人必須離開，我才明白香港文化裡並不包括好玩和享受生活。

神秘消失的室友

我的室友也是一個瘋狂的人，很喜歡去澳門賭錢，每隔幾個星期會抽一兩天過澳門，每次回來都非常疲累，有時候會贏，大多數都是輸。有次他又如常消失一兩天，我沒特別在意，但過了一星期他還沒回來，覺得可能他是在賭錢，雖然有點奇怪，但這是唯一解釋。然後一個星期變成兩個星期，兩個星期變成一個月，過了兩個月後，他還沒有回來，所有他的東西仍在房裡沒有改變。

有一日我突然收到警察電話，問我那個人是不是我室友？叫我形容他是一個怎樣的人。我很驚訝，為什麼他們會問這些問題？雖然我們說不上好朋友，也不是很懂得溝通，但都不算敵人，關係還可以。那我就說他是個好人，不覺得他做了什麼奇怪的事。然後那個警察跟我說，他為了想學英文時有優惠，整了一張假香港身分證，當在接待處出示時被人發現，於是逃跑，後來可能覺得太內疚又走回去自首。

我覺得他很蠢，這件事還上了新聞，他要坐三個月監，然後被驅逐出境，列入黑名單八年。有一日，室友的爸爸特地從中國前來收拾兒子在房間的東西，他看到那些掛在窗邊的啤牌，他的表情可想而知。幾年後室友想來香港探我，但因為被列入黑名單而無法入境，直至兩年前我們才在峇里再見面，他仍然沉迷賭錢。

Chapter 3

異地搵食 隨時毒死

搬到香港生活一定會面對很多挑戰，但沒有一種挑戰比搵食更艱難。在香港看見的食物跟以前吃的完全不同，我個腦同我個肚都不明白和不接受這些食物，無論看到什麼食物都覺得不安全。

餐廳廚房大揭秘

在這裡，很多時會望到廚師在餐廳廚房煮食，入面有不少恐怖畫面，包括風扇上鋪滿塵，塵粒會飛到正在煮食的煲內，但無人理會繼續煮；有時他們會用很多油煮食物，整個廚房及通風系統都積聚好多油脂，正正就在爐頭上面；他們在廚房不會戴帽和手套，唯一保護衣物就是絲襪，但絲襪是用來沖茶。最恐怖是有時去餐廳廁所要行去餐廳後面，經過時會看到廚師在地下、即廁所的隔離處理生雞，旁邊有些紅紅藍藍的桶用來放污糟碗碟。我不知道究竟俄羅斯的餐廳廚房是否都一樣，但我們的文化是不會讓外人看到廚房，可能那邊衛生情況類似，不過起碼食客看不到，不知道有多污糟。而這裡的人好像完全不介意別人看到廚房，反過來覺得廚房越污糟代表食物越好味。

俄羅斯有個電視節目叫做《Revizzoro》，由我的偶像 Elena Letuchaya 主持，她在節目中會突擊搜查餐廳廚房，不會問人能不能進去，直接帶同團隊及保鑣走入廚房檢查是否乾淨，以及食物儲存是否恰當。我非常喜歡這個節目，首先內容很刺激，不時會看到人們打架，想逼走 Elena，還可以看到廚房的真實情況，即是會看到很多平時看不到的東西，知道哪間餐廳有很多過期食物，哪間廚房很污糟，不值得去吃。

我在這個節目也學到很多，例如在餐廳雪櫃內的所有食物盒都需要在盒面寫清楚內裡放的是什麼，何時放進去及何時取走。但現實是很多餐廳想慳錢，不想那麼麻煩，就不會這樣做。我不知道香港的情況，在俄羅斯這是不合法的。

《Revizzoro》香港版主持

擔任 Elena Letuchaya
俄羅斯電視節目的嘉賓

每次 Elena 都會戴上白色手套用手指擦過廚房裡的東西，看看會不會沾滿塵。這個節目令很多餐廳倒閉，當大家知道哪些餐廳不乾淨便不會再去吃。如果餐廳不是犯大錯，Elena 會給對方一次機會，下次再來檢查；如果做得很好很乾淨的餐廳會得到獎章，自然吸引更多客人幫襯。

我經常開玩笑說如果她來香港做這個節目，看到那些餐廳好像完全沒有衛生意識，很可能會暈低。最搞笑是幾年後 Elena 真的來港，她想找我拍一個關於美容的俄羅斯節目，我很高興在香港接待她，但真的不敢帶她去拜訪那些香港餐廳，說到底她是我偶像，不想折磨她。希望有一天可以買下那個俄羅斯節目的版權，然後由我做香港版主持，一定很有趣。

唔畀我揀等於照顧我？

其實我不只覺得準備食物的過程奇怪，連吃的方法和背後的文化也令我覺得奇怪。我發現其中一個香港跟外國很不同的飲食文化，在外國，餐廳會給你選擇點樣食，即是牛扒你可以決定切多小或多大塊，幾成熟；Pizza 會完整送上枱，你想切成三角形、正方形或直接吃都可；蛋糕也是你想點切就點切自行決定大小，很多東西你都可以選擇。

但在中國飲食文化裡，所有事情都有人幫你決定及預備好，不會給你工具自己切食物，而是由廚師決定食物的大小，看起來是一個比較關顧的文化。別人想照顧你，不想你考慮那麼多，他什麼都幫你安排好，你不用自己想東想西那麼麻煩，好像一種很識得照顧別人的方式。

用茶洗碗係咩玩法

記得第一次跟同學飲茶，這是我人生中最混亂的一次經驗。我們坐下來後，同學們開始各自洗碗，我第一時間想：嘩，這個地方有沒有那麼污糟？為什麼大家都要自己洗碗？之後發現他們是用茶來洗，整件事變得更奇怪，為什麼要用一些好喝的中國茶來洗碗？這是否又是一個表達關心、照顧別人的方式？

輪到我揀食物，他們給我看菜單，對我來說完全沒有困難，那些聽起來已很奇怪的食物我一定不會揀，什麼臭豆腐、麻婆豆腐、松子魚、螞蟻上樹、口水雞及雞腳。於是我揀了聽起來最不奇怪的食物——黑胡椒醬牛肉，希望揀得對，今晚不用捱餓。

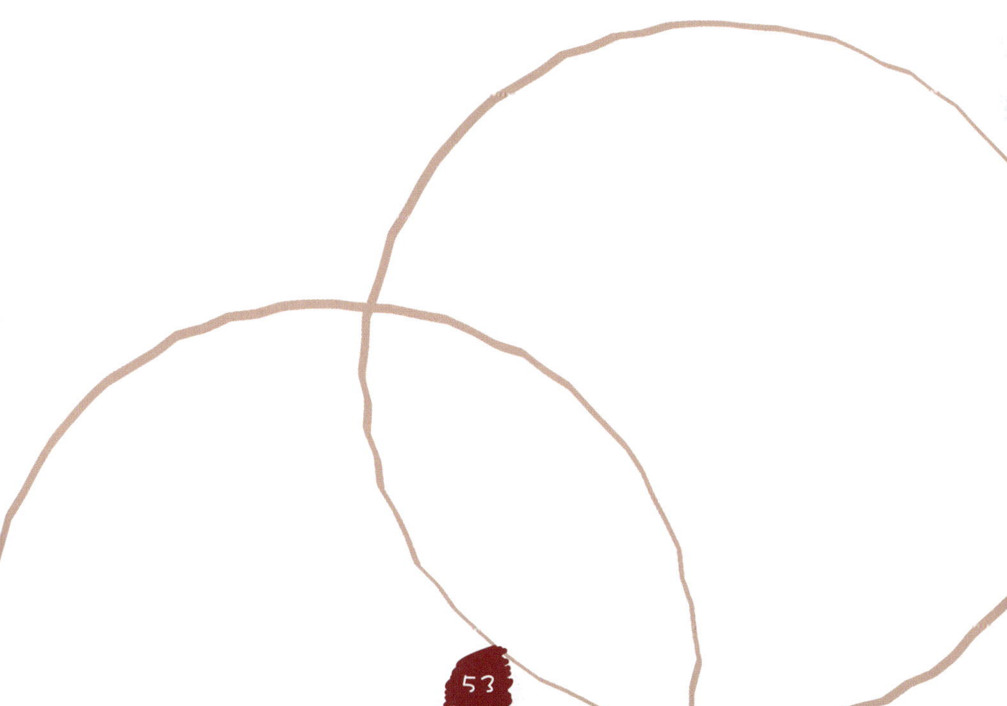

原來食物要分享

食物來到時我很快發現哪個是我叫的，很大碟，很難一個人吃完。我將它拉近自己那邊，然後用筷子直接在碟入面食。這時同枱大約十個同學都停下來望住我，我感到莫名其妙，為什麼大家這樣望我？接著一個同學開始笑，他解釋給我聽，原來他們叫的所有食物都是共享的，只有白飯是自己食自己。

這個方法和我家鄉吃東西的方法很不同，當我們進入餐廳時，就算很多人在一起，每個人都會選自己想吃的，然後食物來到時就吃自己點的那個，不會分享。我們很少問別人「你想唔想試吓？」如果你點的東西不好吃，那是你的問題，我點的東西好吃就只顧吃自己的。

而這個中國飲食文化我覺得很好，馬上就喜歡了，可以一次過嘗到很多不同的食物。如果你不喜歡某個食物（例如可怕的雞腳）可以完全不吃，然後嘗試其他喜歡的東西。加上大家互相幫忙分食物，整件事感覺很親切友善，將人和人連在一起。

原來口水也要分享

同時對我來說這也有點不雅，我很怕跟別人分享食物和飲品，但同學們會用自己吃過的筷子分食物給我。我發現其實枱面有很多不同顏色的筷子，有些用來夾食物到自己的碗，有些用來自己吃東西。不知道為什麼沒有同學用公筷，他們不覺得很尷尬嗎？如果我用公筷，很明顯會俾人知道我很怕食到他們的口水尾；如果我用自己的筷子幫他們夾食物，又不知道他們會否介意，總之就是進退兩難。

究竟中國人用自己的筷子幫別人夾食物是否一種信任的表達？如果我敢吃你夾給我的食物就等於相信你沒有病。總之有很多不會說出口的規則要我學習，其中一個很有趣的畫面是當差不多吃到尾聲，碟上有最後一件食物，大家都要假扮不想吃，誰夾走最後一件好像會很尷尬。直到侍應前來取走那個碟時真相便會出現，有人會彈起身說：「如果沒人吃我就吃了。」

令人崩潰的聲音

香港飲食文化中要數最令我驚訝的是大家吃東西時的模樣。在家鄉，我們從小就有很多用餐規則要遵守，當你是小朋友時大人會教你，包括不可將手肘放在枱上，不可以打嗝，不可以直接吐骨到枱上，吃東西時不可發出聲音，咀嚼時要合埋口等等。但在香港大家好像完全不介意這些，吃雞翼就直接把骨吐出來，人人都是這樣做。我當然不敢評論別人吃得好核突和很沒禮貌，這是文化差異，但對我來說最接受不到是別人開口咀嚼食物時發出的聲音。這個聲音令我嬲到想哭，整個身體會無法控制地顫抖。

如果在餐廳遇到隔離枱有人這樣吃東西，我不可以責備他們，這是他們的文化，我接受不到是我的問題。如果他們真的吃得很大聲，我會轉枱。就算在家鄉跟家人吃東西，我婆婆也是吃到類似這樣，我會避開跟她一起吃，等她吃完我才坐下吃。

在香港吃甜品也很特別，和吃主菜的時間不同，要特登去第二個地方吃。這裡的糖水很奇怪，有一碗東西，有時是熱，有時是冷，裡面有一坨不知道是什麼，有時是黑色，有時是白色，看起來完全不似甜品。如果覺得好吃，那個人會說：「不太甜」，代表非常好吃。我覺得很搞笑，如果不想甜，為什麼要吃甜品？

不可思議的中毒事件

說了這麼多，應該知道我在香港搵食有幾大挑戰，就算簡單到只是杯麵我也怕了，我跟它有過不好的經歷。記得第一個月來香港，我在薄扶林村買了些杯麵，因為不知道有什麼可以吃，覺得杯麵應該比較安全。我在俄羅斯也有吃杯麵，有時媽媽累不想煮東西也會整杯麵給我們吃。我覺得挺好吃又容易煮，不需要太多東西，可以馬上吃得飽，而且安全，但原來我是錯的。

有一晚我在宿舍吃完杯麵便睡覺，深夜兩點突然不舒服彈起床，還未搞清楚發生什麼事，只想去廁所，但一起床就將整個杯麵嘔出來。麵條好像在我的口裡飛出來，差不多嘔到隔離床正在睡覺的室友面上。我覺得很尷尬，不停嘔，要控制得很細聲，不想弄醒室友。如果他起床見我嘔到成間房都有，整件事很尷尬。

我很辛苦，足足嘔了一小時，嘔完後我拿著一盞小夜燈清潔房間，因為不可以開房燈。我要清潔得很細聲，希望室友不會發現整間房都是我的嘔吐物。最後我完成清潔，他也沒有起床，到現在他可能都不知道那晚發生的事，但出書後他就會知道。那次之後我再沒吃過杯麵，現在一看到杯麵就很害怕，馬上記得當晚有幾辛苦。怎麼可能吃個杯麵都中毒？但一定是杯麵出問題，當日我沒吃過其他食物。

美男廚房 炸咗先講

頭幾個月在香港我都沒怎麼吃東西，所有食物我都很害怕，看上去很奇怪，吃下去更奇怪。我記得吃過一間在家鄉也有的 pizza 連鎖店，但明明屬西方食物的 pizza，為什麼吃下去會有中國食物的味道？究竟廚師放了什麼進去？

後來我想可以試試在宿舍煮食，雖然我的廚藝不佳，但始終要填肚。記得有次我煮三文魚，當時帶著耳機，外面有什麼聲音都聽不到，只顧一邊聽音樂一邊煮食。忽然我眼尾看到好像有人跑過，又看到亮起閃閃紅燈，不知道發生什麼事。除下耳機後我聽到火警鐘聲，原來因為我燒焦了那塊三文魚，弄出很多煙，觸動到火警鐘響，所有人都要疏散到地面，有消防員來宿舍了解情況。自此我再沒有在宿舍下廚。

宿舍旁邊沒有太多餐廳選擇，慶幸我找到一家很喜歡吃又平的連鎖店，有菜、有牛肉、有飯，看上去很正常，吃下去也挺好吃。我覺得這麼大間公司不可能出事，一定安全，吃了幾次後都沒出事，於是連續兩個月，說真的，是連續兩個月，我早午晚三餐都只吃那碗牛肉飯，沒有吃過其他東西。兩個月後我再也吃不下去了。

俄式另類減肥法

我覺得自己由細到大都跟食物的關係不太好，我由三個女人湊大，媽媽、妹妹，還有婆婆。她們都很在意自己的外貌，特別是我媽媽，很在意自己的身型，很想瘦，但用不恰當的方法去減肥。

我原本也是一個肥仔，因為婆婆早上經常整蛋糕及班戟給我吃。中國和俄羅斯的飲食文化可能不同，但全世界的婆婆都一樣，只想餵你吃東西。我的身型比較像媽媽，很低的屁股，很小的肩膀，男生來說不好看。所以 14 歲開始我嘗試不同的飲食法，希望讓自己好看一點。

我由三個女人湊大

我家裡沒有男人，只好跟媽媽學減肥。她用的方法很極端，其中一個方法是一整個禮拜只可吃蘋果，無論早餐、午餐及晚餐都是蘋果。幸好當時我年輕，身體可以應付到，才沒那麼影響健康。結果我減了些磅數，但一個禮拜之後就反彈，而且變得更重。最近我學會健康一點的飲食法，吃很多菜和蛋白質，但我覺得在香港想吃得健康和減肥是很大挑戰。

最怕變成最愛

住在香港 12 年後，我不只習慣了這裡的食物，更變成只想吃這裡的食物。我現在接受不了西餐，吃不慣外國的食物。雖然香港的食物大部分都很油膩，而且所有食物都要煮熟先吃，就像菜，明明以前我是要新鮮生吃的，現在變成一定要煮熟。另外香港食物的碳水化合物、脂肪和蛋白質比例不是很健康，但卻非常好吃。我現在最喜歡吃口水雞，之前我看餐牌感到害怕的東西，變成最愛的食物，一提起口水雞，自己都變成一隻流口水的雞，即刻好想食到。榴槤雪糕也是我的最愛，所有榴槤的甜品都很喜歡。

以前我不明白別人去旅行為什麼不願意嘗試當地的食物？假如你去意大利但又不吃 pizza 和意粉，好像有點浪費。現在我明白了！對上兩次去歐洲我都只吃中式食物，在米蘭沒有吃意粉，在巴黎沒有飲洋蔥湯，只幫襯中國餐廳。那裡的中菜特別好吃，不知道是否因為跟香港距離很遠，覺得寧舍好味，還是因為那邊的華人很掛念家鄉的食物，所以特意開餐廳及煮得加倍好吃？

告別生菜和忌廉

我現在完全習慣了香港的食物和飲食文化，變成習慣不了以前常吃的食物，即那些未煮熟的菜。以前經常吃沙律覺得完全沒問題，現在因為常吃中國菜，所有的菜都要加入醬汁煮，就覺得凱撒沙律到底是什麼鬼東西？為什麼菜是生的還沒煮熟？

還有我現在接受不了乳製品，可能是因為很久沒吃，這件事很搞笑。在香港沒有那麼多機會吃到乳製品，但在俄羅斯我們吃的東西 99% 都有忌廉，明明不用忌廉都會刻意加些忌廉上去。好像羅宋湯，在香港茶餐廳喝到的跟俄羅斯喝到的不同，俄羅斯的羅宋湯是用紅菜頭做的，還會加酸忌廉上去。

現在回家時，我就深深感受到俄羅斯人有幾喜歡吃乳製品，婆婆整給我吃的每款食物都有忌廉，早餐是 cottage cheese（茅屋芝士）和酸忌廉；午餐是沙律，上面有芝士和 kefir（克菲爾酸奶）；晚餐是餃子加酸忌廉。然後我全日躲在洗手間裡，因為現在受不了乳製品。

俄羅斯人吃忌廉多到他們的身體都開始有陣酸味，我記得有些香港朋友跟俄羅斯女模特兒拍拖，他們經常都說俄羅斯女生身上有一點點酸味，好像忌廉的味道，我覺得成件事好核突。說起香港男生跟俄羅斯女生拍拖，我可以說是注定失敗。關於約會，俄羅斯女生都有自己的一套文化，你不可以跟一個俄羅斯女生 AA 制，她們一定接受不了。如果你跟她第一次約會就 AA 制，這個肯定也會是最後約會。

變咗半個香港人

還有另一個文化差異，在俄羅斯如果你生日，你要開 party 請其他人來吃飯，要負責畀錢，負責買蛋糕，如果是學生就要在生日那天帶蛋糕和糖果回校請所有同學吃。香港是完全相反，人家會主動約你吃生日飯和負責畀錢，我覺得這樣更加好和合理。

我亦漸漸明白中國人為何喜歡用吃飯去挑戰子女的另一半，雖然中菜不是很適合約會時吃，但如果要見對方家人就非常適合，可以看到很多狀況，測試那個人的表現，究竟他會不會用茶幫其他人洗碗？會不會把碟上最後一件夾畀另一半？會不會夾食物畀 auntie ？雖然我現在懂得很多這些規則，但在吃飯時要記住那麼多東西，我想我也未必能通過考驗。

不過這些傳統和規則已成習慣，有時不做反而會覺得很奇怪。現在回到家鄉我突然間變成半個香港人，幫家人朋友做一些以前不會做的事，例如幫他們抹餐具，外國人很少會拿紙巾抹餐具；我會幫他們舀食物和斟飲品，這些也是很少人會做。他們會覺得很驚訝，覺得我很關顧別人，其實只不過是習慣成自然，覺得不做好像很沒禮貌。

一鑊熟的快感

在香港那麼多飲食經驗中我最喜歡打邊爐，原本我覺得很奇怪，你進去餐廳畀 10% 服務費但要自己煮嘢食，還要坐在那裡等食物熟，即是要等食物在煲裡浮起，熟了後又要拿出來等沒那麼熱才可以吃，成件事很花時間。

但現在我覺得打邊爐是最好的，不過你要跟合適的人吃才好。我嘗試跟外國朋友解釋什麼是打邊爐，他們會很混亂，問這是什麼意思，為什麼海鮮、豬肉、牛肉、菜和麵會全部放在同一個煲裡？

還有小籠包他們也覺得很奇怪，將兩種原本在世界上不會碰頭的生物混合在一起，蝦肉和豬肉能夠同時在一個包裡。所以我覺得大家不應該放棄找真愛，如果蝦和豬都可以在小籠包相遇，你也有機會遇到對的人。

Chapter 4

外人起家 避開雷區

在宿舍住了一年後，我幻想中的學院生活並沒有發生，沒有識到很多朋友，也沒有像美國電影看到的情節那麼好玩，加上宿舍有很多規矩，於是我決定搬出去住，起碼想做什麼都可。這時我已經 18 歲，租屋所需的東西都有了，包括信用卡及香港身份證。

買米唔知米貴

我在香港第一次睇樓是一個很特別的經驗，簡直大開眼界。之前我無租屋經驗，所以揀好地區後就找地產 agent 幫我。我同好多鬼佬一樣揀上環，覺得這個地方適合我生活，一來有很多外國人，二來不少餐廳都合我口味，那時我還未很喜歡吃中餐，而且我對其他地區不熟悉，如果揀一個很多本地人住的地方會不適合。上環在各方面都很平衡，中西文化混在一起，最重要是很近蘭桂坊，這是我識朋友的唯一地方，對我來說很方便。

第一次見 agent 我就講明所有要求，我覺得這些都是很基本很直接，沒什麼特別。第一，要有一個很大的露台，等我可以在戶外飲咖啡；第二，要有很多自然光照射入屋；第三，要有兩間房，其中一間可以用來工作；第四，要有很大的儲物空間，等我可以將所有衫和行李箱放進去；第五，要近地鐵，靜中帶旺。我的預算是 13,000 元港紙。

那位 agent 望著我好像望著一個傻佬，但明明我不是，只是一個鬼仔，沒有在香港生活的經驗，不知道這裡的人是怎樣生活。在我家鄉，我們可以用這個價錢租到一間有四個睡房的大屋，還要有一個近海的泳池。Agent 很有禮貌地跟我說，這個預算比較難達成我的要求，她向我提供一些合乎預算的單位，而在上環的選擇只有唐樓，所以我們去看的所有單位都在唐樓。

平常心睇樓都嚇死

大家應該記得之前我去看宿舍房時有幾興奮，之後有幾失望，自此我學識降低自己的期望，沒想到那次慘痛經驗也無法幫我做好心理準備。第一個去看的單位，那棟唐樓看上去很潮濕，入口在一條後巷，平常你不會行入去，除非小便。

Agent 推開大門，原本是需要按密碼，但那部機器壞了，一推就可以進去。我看到一條很小很小、沒什麼燈、很黑暗的樓梯，她很隨意跟我說沒有升降機，那個單位在五樓，我們要自己行。第一時間我就想到我有那麼多行李箱，要走到五樓不太可能吧。我們上樓梯時已經很擠迫，很多人在門外放鞋，甚至單車，令到空間更小和更難行，我們還要走到五樓才能看到第一個單位。坦白說，我不覺得這裡可以叫做住宅。

多人近視有原因

進入單位後，第一樣我留意到是客廳沒有窗，只有一張我一生人見過最細的梳化，好似 Barbie 公仔坐的梳化。梳化對面是一部很迷你的電視，講真，梳化同電視都好細，但實在無可能放到其他更大的傢俬同電器，一定唔夠位。梳化同電視的距離近到如果看一小時電視，我應該會曬黑或有眼疾。

怪不得那麼多香港人戴眼鏡，他們的屋真的很細，所有物件都跟眼睛距離好近。繼續行入去有兩個門口，第一個門口是睡房，我們其中一人先行入去，走出來後才到另一個人行入去，如果我跟 agent 同時行入睡房會太尷尬，大家站得那麼近，太親密了。

有窗無窗沒分別

那裡只有一個儲物空間就在窗下，我馬上知道無法放得下所有行李箱。其實一進來我就已經知道不喜歡這個地方，但基於禮貌，所以沒有出聲繼續看。另一個門口是廚房，幸好那裡有些窗，窗對著對面大廈的窗，但你不會看到對面的人，只看到有很多玩具和箱放在窗上。我不知道他們為什麼把東西放在窗上，是故意阻擋窗口不想看到對面生活的人，還是沒有其他地方可以放東西，只好全部都放到窗上？我覺得這樣不是很合理，會阻擋所有陽光入屋，那間屋已經很細，如果沒什麼陽光進去，感覺更加恐怖和不安。

其實廚房有沒有窗對我來說不是很重要，我也未必會煮食，就算真的用廚房煮食，它細到令我覺得如果煎食物時有油彈出，也沒有地方可以站遠一點保護自己，只能馬上跑出廚房。最後我們進去的房間是廁所，她打開門時我只見到馬桶和洗手盆，我問她沒有浴缸怎樣沖涼？她指向馬桶上的花灑頭。我個腦即刻爆炸，整個人呆住了，我想問很多問題，這就是沖涼的地方？香港人是邊大便邊沖涼嗎？沖涼水會流去哪裡？不會弄濕毛巾和廁紙嗎？

係咪真係窮成咁

之前我從沒有這些經歷，這刻心情真是壞透了，廁所的空間細小得要有這麼誇張的設計才能解決問題。平時沖涼我鍾意唱歌跳舞，而這個廁所只適合喊。在俄羅斯我們有一個地方叫 bidet（坐浴桶），是廁所旁邊一個細小的廁所，給人洗 pat pat 用，這個廁所就如一個 bidet。

我有很多問題想問，但已經嚇到傻，沒有再出聲，只有一件事想做就是盡快跑離這個地方，它令我很不開心。雖然我的家人不算很有錢，可以說是窮，但當我走入那個廁所時，從沒像當刻覺得自己原來真的很窮。明明每個月我要付一萬二千元，但要調整自己的生活方式去配合間屋，而不是間屋配合我的生活方式，整件事很可笑和難以理解。

同聲同氣係唔同啲

看完這個單位後，我覺得 agent 未必幫到我，決定嘗試自己解決問題。我看了很多本地網站都找不到合適的單位，於是試試 Craigslist，我相信外國網站應該會有不少外國業主放租，一個外國人會知道其他外國人的需要，不會出租那些奇怪的單位，果然這個想法是對的。我在 Craigslist 找到一些可接受的單位，它們剛剛翻新，加上一些特別設計，整件事看來高級些和開心些，而且租金都算合理。這些業主大部分是 ABC 或真正的外國人，租他們的地方對我來說更加容易，不會雞同鴨講。

看過幾個列表後找到一間幾合適的單位，是我喜歡的風格，比較時尚和簡約，它在上環皇后大道西一棟唐樓的一樓。雖然不符合預算，但我還是約了業主睇樓。那個業主能操流利英文，他告訴我之前在外國讀書，回來後不太喜歡香港的住宅風格，於是買入一些舊單位進行翻新，變成適合外國人生活的模樣。很慶幸他做這門生意，令我找到喜歡的居所。

一樓一戶免投訴

那是一棟共有五層的唐樓，每層只有一個單位，各住了一戶外國人，最上層是天台，每戶都可以用。一層住一戶，代表不會有鄰居投訴我經常開很大聲的音樂，單單這點已令我很喜歡這個地方。進入單位後我看到客廳沒有窗，但業主很聰明，用玻璃門及玻璃牆解決這個問題，令更多陽光照射進來。入面有一個很大的廁所連浴室，它和客廳之間用一塊有色玻璃分隔，當有人沖涼時，在外面可以看到這個人的剪影，成件事很 sexy。

這裡還有一個比較奇怪的露台是我從未見過的，在客廳有一道玻璃門，開門後可以看到一個正方形空間，三面都是牆，第四面就是那個門口。當你一直向上望會看到各層廚房的窗，盡頭就是天空。我睇樓時露台有很多濕毛巾和濕衫，估計是上面的鄰居掉下去。我覺得可以將這個露台整理成一個有趣的空間，方便食煙和 chill。

劇透一下，之後我真的買了很多美觀的 IKEA 戶外傢俬去美化那個露台，但香港經常下雨，差不多每次下雨都會水浸，所以沒有太多機會用這個露台，最多能享用露台的是甲由，因為那裡又濕又黑。

我最喜歡這個單位的廚房，它只有很簡陋的煮食設備，比較似辦公室。窗附近有一個很大的 kitchen island，被很多陽光照射，我可以用這個桌面做功課。之後我發現窗對面是一間老人院，那些老人家實在太悶，沒有其他東西可看，就經常看著我在廚房做功課。

成為工作枱的 kitchen island

第一次有自己間屋

如果跟我在塞浦路斯的家比較，這個單位也不算很好，但到目前為止是我見過最好的，一定不能錯過，於是直接在單位內跟業主簽約。我覺得那些條款非常不合理，要先給兩個月租金、一個月按金及代理費，為什麼要給代理費？他不就是業主嗎？但沒辦法，這是他的要求，我沒問那麼多就付錢，準備搬進在香港的第一個家。

我當然很興奮，人生第一次搬進自己的屋，不過對於一個 18 歲的外國男孩獨自租一間屋住、自己一個人生活這件事，我認為是很平常。外國的父母經常跟子女說，你一夠 18 歲就要自己搬出去住。但在香港我遇過很多本地人，無論他們是 18 歲、28 歲或者 40 歲，都是跟家人一起住。起初我覺得很荒謬，但當知道在香港買樓的成本後，就明白為什麼他們會一直跟家人住。如果他們想買樓就要不停工作，不能休息，打足兩世工都未必夠錢。

我覺得這樣會大大影響青年人成長，你經常和家人一起生活，沒有私隱，沒有個人空間，很容易出現行為問題。還有你的家人經常幫你，煮東西給你吃，會令青年人過份依賴和沒有責任心。自己一個人住會學到很多東西，對個人發展很有幫助，至少去旅行時會識得照顧自己。如果你有機會自己一個人住，就算是一個月、兩個月，都一定要試，會學到很多東西。

又係時候搞 party

現在有了自己的地方，當然要搞返個 party。剛好臨近聖誕節，是一個很好的機會讓我搞一場小型聚會。我在大學開始有少少朋友，在自己的屋沒有宵禁，沒有限制可以玩到幾點，這個 party 一定會成功。唔知點解我好鍾意做 party 搞手，每次都會很落力準備，買很多東西，買到忘記預算，以為自己搞緊一個慈善晚宴，將我有的一切全部都給我的來賓，讓他們有一個很好玩的經歷。

我預計晚上開始在天台玩遊戲，有很多東西吃，很多東西飲。我出去買了很多物品包括聖誕燈飾，佈置到天台閃閃發光，還點了 pizza 到會，買了很多調酒飲品等我可以做 cocktail，大家都知道我有幾鍾意整 cocktail。我還特登買了一件 Versace Jeans 的冷衫營造節日氣氛，現在回看那件冷衫覺得很尷尬和後悔。

唔准人玩得開心的城市

這次跟上次相比，我知道一定會有人來我的 party，會玩得很開心，但無諗過玩到吸引警察上來。我棟大廈跟隔離大廈好近，一如所有香港大廈般密密麻麻。隔離有人投訴我們玩得很大聲，踏正十一點，正正是不可再發出嘈音的管制時間，就有警察上到天台。我好嬲，今次 party 又唔成功，不是因為沒人來，而是因為警察來。

為什麼不可讓其他人玩得開心？特別是聖誕節。那個 party 被破壞了，我的興致都被破壞了，很不開心，再次明白在這個城市你不可以玩得很開心，很多人和事會阻礙你。我們唯有走入單位，這麼多人迫進一間小屋。去到深夜，同學們喝太多，紛紛在廁所嘔，我才知很多香港人都不懂得喝酒。我決定不再搞 party，那次真是最後一次搞了。

山長水遠群返俄國人

其實我是不是應該去大嶼山租屋？大部分外國人都在那邊生活，原本我不知道為什麼，現在明白是他們不想在城市那麼擠迫，還想保留原有的生活方式。香港有很多不同地方讓人選擇過想過的生活，正如大嶼山有很多自然環境，隨時都可以游水，單位面積更大，租金又更便宜，整個社區都是外國人。

但我覺得如果你真的選擇去另一個城市生活，不應該選擇自己原有的生活方式，而是應該跳出舒適圈融入當地文化。很多時我見到特別是中國人，當他們去到第二個地方，只會群返其他中國人。他們特地去找一些懂得講中文的人，到中國餐廳食中餐，幫襯中國超市。對我來說，我有興趣認識香港文化，沒有特別想認識俄羅斯人。我特登搬到咁遠，如果群返俄羅斯人，過返俄羅斯文化，同自己人做朋友，感覺很浪費。我的目標是學習越多本地文化越好，而方法只有一個，就是認識更多本地人。

經常遇到不速之嚇

我在香港住了 12 年，搬過幾次屋，每次搬屋都會越來越遠離外國人生活的地方，反而越來越接近本地人生活的地方。一開始我揀上環這個多外國人的地方，第二個揀的地方是北角唐樓，那是我生活過最差的地方，完全反映到當時我有幾慘，但我沒有選擇，只能應付到在那裡生活。

那是一間 25 米的房，只有一隻窗，不可以完全打開，只可打開 30%，當你打開它就會看到一棟大廈的背面，經常有老鼠在打架，牠們跟我的窗口很近，很怕牠們會打到入我間屋。幸好我不怕老鼠，但有一樣我超級害怕的東西經常拜訪我家，那是蜘蛛。

香港有一種蜘蛛叫做 Wolf spider，是我成世人見過最大的蜘蛛，一見到牠我就會即刻進入恐慌狀態，呼吸急促，驚到差不多暈低。記得有一次我正準備出外工作，這隻蜘蛛坐在我家門外，我好驚好驚，決定死都唔出去，全日躲在家，連東西都沒有吃，等蜘蛛離開。之前有一段時間驚甲甴，但在香港見得多，特別是在第二間住的屋，習慣後差不多當牠們是寵物。

可怕的 Wolf spider

第二間屋空氣很差，生活了一年後所有牆、天花板及我的皮具都發霉。家對我來說非常重要，無論情況有幾慘，環境有幾差，我都會嘗試令到個地方美好一點。我 DIY 了很多東西放在屋裡，首先剪出很多圈圈，然後噴上金色噴漆，再黐了過百張在牆上，看上去好似魚鱗，成為家中藝術品。另外我剪了一隻鹿的圖案，跟住黐很多假花上去作為佈置。雖然在那裡生活得不好，但我很努力令到成件事好過一點。

一站式家居工作室

再下一間屋可以說是升級了，它在一座工業大廈裡，面積更大。最搞笑是這個地方和我第一個租住上環的地方是同一個業主，而這次是在葵涌工廈。它是一間走紐約風格的閣樓，有磚牆和差不多五米高的天花板，是一間很大的房。天花板很高，有樓梯上一半去到第二層，在第二層我站不直，要蹲著行，但總算適合睡覺和擺衫。

這間房有很多回憶，我的事業開始有起色，一步步走向成功。因為是工廠大廈，我直接當成影樓進行拍攝工作。你可以想像成間房有幾凌亂及塞滿東西，我所有的衫、自家品牌的存貨、拍攝所需的工具，全部都放在同一個地方。住在這裡幾年後，令我深深明白到將工作和休息地方分開是非常重要。

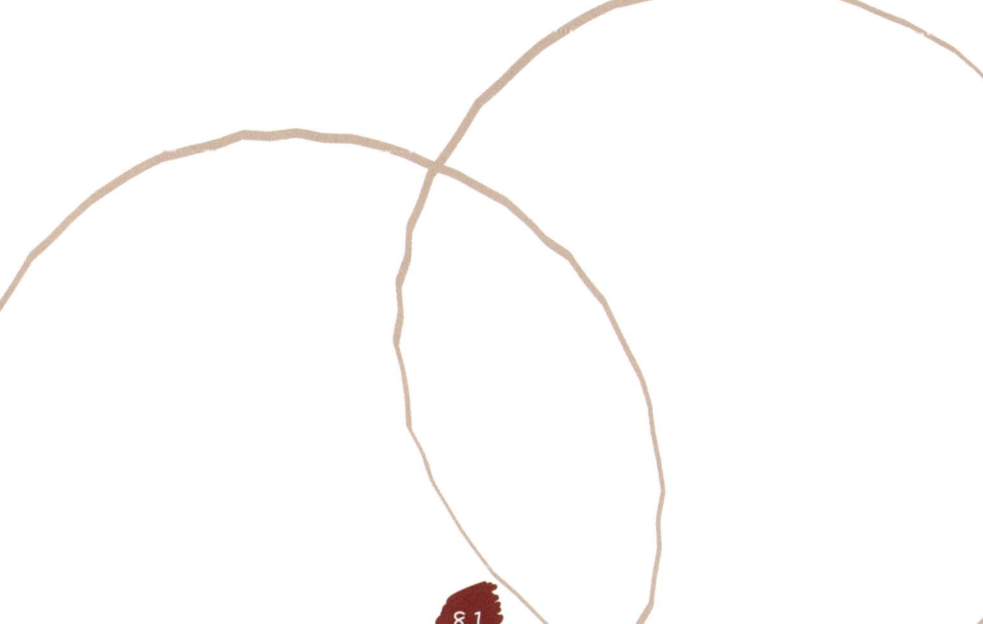

上層睡覺的地方

不眠不休的瘋狂狀態

這是一間沒有房的開放式住宅，無論站在哪裡都可以望到成間屋。當我睡覺時向下望就會見到所有拍攝工具，當拍攝時向上望又會見到我張床。由於事業剛起步，要用很多時間拍攝和剪片，幾乎日日都要拍，因此不會將拍攝工具收起。正因為咁，心理上開始出現睡眠問題，變到唔識得休息，一旦休息就有罪疚感，時時刻刻都很想去工作。我的工作完全佔據了生活空間，別人是起床後做好準備才回去辦公室，我是一起床就在辦公室，這樣會大大影響正常生活。

我知道在香港的住宅比較難做到工作、睡覺和用餐的地方都完全分開，但你無法想像在同一個地方重複食瞓屙和工作所帶來的惡果。我在這個地方住了四年才發現問題有多嚴重，於是決定搬家。

終於搵到 dream house

大家聽到我搬過幾次屋，但到目前為止其實我都未試過有一張真正的床，每次都是睡在地上的床褥，很不舒服。我其中一個夢想是要有一張企理的床，我已經漸漸長大，事業亦開始成功，覺得可以搬去一間有保安、會所和接駁巴士的住所，還要有一張真正的床。

之前我一直生活在唐樓或閣樓，沒有住過四四正正香港人住的地方。後來我找到一個在大圍的複式單位，地下有露天花園，面向馬騮山（金山郊野公園），它有所有我想要的東西，健身室、泳池、保安、私隱。雖然價錢同之前租的地方相差很遠很遠，但我覺得是時候住在一個比較企理的地方，否則真係會黐線。

原本我很喜歡這個地方，兩層單位連花園，而且明明是一棟住宅樓宇，卻可以望到山景，最重要是那個露天花園，一看到就想租下來，因為我很喜歡戶外空間。可惜香港的天氣不是經常下雨很潮濕就是熱到不行，最後我沒怎麼用過那個露天花園，一年 12 個月只有一個月用得著。

馬騮經常來拜訪的露天花園

蛇鼠一窩的動物園

那大家知不知道誰用我的花園最多？就是馬騮，因為對住馬騮山，每個星期總有一兩天牠們會特意過來花園吃樹上的水果，有時更會嘗試入屋偷東西。我覺得很好笑，我不怕牠們，反而覺得幾有趣，對我來說是一個 bonus。除了馬騮還有很多動物會出現，包括野豬、老鼠、蜥蜴及一些很奇怪的昆蟲。有次我以為那是一條樹枝，觸碰後才知道原來是一種生物。

但最瘋狂的是有蛇，記得 2023 年 9 月不停下大雨，很多水湧入我間屋地下那層，好像馬騮山上所有水都流入我間屋咁，出現嚴重水浸，所有傢俬、名牌袋、鞋、皮帶都浸沒。水浸過後所有皮革都有霉，全部要丟掉，還在家裡一角竟然見到蛇！可以話，是因為大自然令我鍾意這間屋，亦係因為大自然，破壞了我在香港最鍾意的一間屋。

Chapter 5

緊急狀況 執生保命

在香港生活和讀書一年半後，突然有一天，整個人生都改變了……

呃完我叫我去呃人

我曾在學校遇到一個不認識的人跟我說，「之前經常在這裡見到你，每次我都想問，究竟你在這裡做什麼？一般情況是學生成績不太好，進不了正式大學即港大那些，才會來這裡讀書。」之前我沒有聽過這番說話，不知道他口中所說的情況，但讀到現在大概我都估到是被騙了。

到現時為止，除了我，學校都沒有什麼外國學生，大概讀了一年後，校方問我可不可以幫忙帶一個 tour 給那些想來讀書的外國人，學校竟然想利用我去吸引其他外國學生？我很震驚，大家都知道我很不喜歡和很不滿意這間大學，不知道為什麼他們會突然叫我幫手帶 tour，不擔心我會說學校壞話嗎？

最後我真的有幫手帶 tour，而且坦白說出在這裡讀書有多不好，但不知為什麼那些外國人沒有聽我的話，堅持入讀，學校終於有多些外國學生。這些人之後成了我的朋友，過了這麼多年，到現在他們仍會跟我說很後悔當初沒有聽我的話，搞到浪費金錢和時間。

計劃趕不上變化

原本我計劃快點讀完書然後盡快離開學校出去工作，我知道未必會入到很好的公司，雖然剛入讀時校方說他們的文憑是得到很多公司認可，可以為學生打開加入大公司的門，但之後我發現沒什麼大公司、甚至普通公司認可這張文憑，現在回看我的同班同學都沒有人入到普通的設計公司。

直到某一天，所有計劃都改變了，我突然間收到婆婆的電話。

記得當日我正在機場，準備由香港飛台灣參加一個期待已久的年度 party，這是我人生第一個自己安排的旅行，沒媽媽同行，我決定和一個在校外認識的本地朋友一起去。準備登機時我很興奮，可以和朋友去旅行參加 party，非常開心。坐在飛機等待起飛時，突然接到婆婆來電，令我的心情 180 度大轉變。她簡短地告訴我發生了什麼事，因為準備起飛要關電話，所以不能問太多細節。

最難捱的一程機

在飛機上的個多小時裡，我無法思考，不知道發生什麼事，又不能問清楚，非常痛苦，只知道在我媽媽身上發生了可怕的事，這件事代表我這個正在外國讀書的 18 歲小朋友，人生從此改變，以後沒有人可以再幫我和畀錢我，要自己想辦法生存。可能很多人聽到這個壞消息都會很失望和害怕，當下我也有害怕和不開心，但很快就有種被激發的感覺，我終於有機會成長了，可以靠自己得到想要的東西，以後再沒有藉口，沒有人可以幫我，不可以失敗，一定要成功。我沒有其他選擇，一定要靠自己生存。

不知道是因為我很年輕還是性格影響，每次發生不好的事時，我第一個感覺不會是被打敗，而是很興奮很想對抗，終於有機會解決某些問題，今次亦不例外。當然我對媽媽感到很抱歉，亦很擔心她，但我沒能力幫她，什麼都做不到，只能集中精力在自己身上，想想如何靠自己維持生計。

沒有半工讀這回事

在飛機上我在想究竟有什麼方法賺錢，等我可以在香港這個全世界最貴的城市之一靠自己生活。我還未畢業，沒有任何資格證明，沒太多工作可以做，除了侍應、英文老師或翻譯，但研究後我發現香港的情況複雜很多，在簽證方面對外國人不是很友善。跟其他地方比較，在香港讀書的外國學生是不可以工作的。在其他地方例如英國，是容許學生一星期有幾個小時工作幫自己賺生活費。但在香港，留學生可以工作的時間是零，即是完全不可以工作，你來讀書就只是讀書，你來工作就只是工作。

在香港讀書，留學生只可以靠家人經濟支持，沒有機會自己打工賺錢，但就算我可以做侍應也是行不通，香港只會批簽證給專才，意思就是請你的公司要證明你很特別，有很多資格認可，你比本地人優秀，公司必須要這樣的一個外國人做員工，香港政府才會認為你是值得取得簽證。我相信很難找到一間公司肯證明，為什麼要請我這個外國人做侍應而取得簽證，這個計劃明顯不可行。

為了追夢 捨易取難

即使我在這間大學完成課程，也不會得到什麼資格認可，好像無論哪個決定都是死路一條。還有一個選擇就是返俄羅斯，起碼不用為簽證煩惱，可以自由工作。但我想像不到回去後會有一個我想要的事業發展，究竟回去能不能得到想要的東西？我追求夢想的決心似乎更大，不會選擇比較容易解決問題的方法，而是更積極想一想可以做什麼令自己能夠繼續在香港生活。

收到這個消息後抵達台灣，心情當然不好，但我已買了 party 門票及回程機票，要留在台灣三天。雖然出現好大問題，但又未嚴重到要立即處理，而且也不知道幾時再有機會飛去外地參加 party，所以我盡力不去想負面的事，叫自己專注及享受 party。很多人或者會覺得奇怪，這樣我還可以投入 party ？事實上音樂真的幫到我很多，可以說是救了我。我是一個每天都想很多很多事情的人，我個腦快到好像一架時速每小時二百公里的車，很多時都在想多餘的事，有時想到很灰，那些想法會變得越來越大聲及失控，尤其在夜晚，令我無法入睡。

地盤聲先幫到我

而唯一真正幫到我的就是音樂，特別是一些奇奇怪怪的音樂，它好像鑽入我個腦裡面幫我釋放。感覺就像當我感到皮膚痕癢時我去搲，但怎樣搲還是不滿意，還是覺得不舒服；而我腦入面都有一個痕癢的地方，用正常音樂幫我搲痕是沒有用，只有那些很誇張的音樂才搲到我滿意，那些音樂叫做 audio terrorism（聲音上的恐怖主義），風格可以說是 industrial techno（工業舞曲），那些聲音就如工地重型機器操作聲，或是工人在街上整路的鑽地聲，很刺耳很大聲。這種音樂和這些聲音才能大聲過我的思想，令我唔再亂諗嘢。

很多人聽到這些音樂會馬上聯想到毒品和酒精，但我非常討厭毒品，又不是很喜歡喝酒。如果大家見到我去 party 個樣，你不會相信我以上的話，見到我非常亢奮，跳得很投入很開心，一定會覺得我是喝了很多酒，事實上我只喝水，全靠這種音樂令我充滿活力和很興奮。

搭車避開 cantopop

我在家裡共有八套音響系統、五個耳機、很多揚聲器、家庭影院及在大量網站訂閱的音樂服務。我經常聽音樂，它很影響我的心情，平時愛聽一些 upbeat party 音樂，不會聽 cantopop。我不明白為什麼 cantopop 每首歌聽上去都是一模一樣，開頭一定有一個鋼琴前奏，伴隨一把生不如死的歌聲，講一個失敗的愛情故事。

當我聽到這些音樂時心情只會轉差，但香港人似乎很享受這種憂鬱的音樂，什麼場合下都在聽，無論做 gym、工作、抹屋、開車。在香港我比較喜歡坐地鐵或巴士，這樣就不用聽到的士或 Uber 司機的 cantopop 歌單。我以為廣東話是唯一一種有那麼多不同音調的語言，能說廣東話的人就會天生唱歌好聽，原來不是。

天使陪我放天燈

Anyway，雖然那時我是準備去一個期待已久的 party，但都無法分散我的注意力，仍在不停想當下的問題，很明顯需要人幫助。幸好在出發去台灣前幾個月，我在一個 party 遇到一位天使，我跟她說剛剛發生了什麼事，她馬上買機票來台灣支持我。之後幾天，她在我旁邊不停鼓勵我，我們一起探索台灣這個城市。

現在我已記不起太多細節，只記得那位天使建議我們去放天燈，她覺得很適合現在的情況。我是一個很迷信的人，認為這是一個很好的機會，讓我在人生開展新一頁前整理一下自己的思緒，我在天燈上寫了幾句字：希望媽媽平安和健康，希望找到一條適合我的路。而當下適合我的路線就是回香港，盡快在下個月來到前找辦法維生。

雖然所有學費已付，但我讀得不好，老師們的英文太爛，我根本讀不到書，什麼都學不到。就算我找到付租金的錢，可以一直維持到我畢業，但我覺得這個文憑也沒有用，無法幫我找到工作及令公司肯幫我搞簽證。我原本以為會讀一個真正幫到我的文憑，而那些公司不會理會我是被騙來讀書的，可見盡快讀完書畢業不是一個好選擇。

為追學費上新聞

我試過向校方要求退回部分學費早點離開，但是他們不同意。明明大家都知道我在這裡讀書有多不開心，什麼都學不到。有個同學跟我說，可以嘗試找本地傳媒報道自己的故事，讓更多人知道發生什麼事，這樣或有機會取回學費。我覺得這是一個很好的建議，我是一個 small potato，他們是一間很大的機構，一定要找外面的人幫忙引起關注，除了可以幫到自己，也可以避免日後有其他外國學生再跌入同一個陷阱。很可惜，這樣做沒有幫到其他人，即使現在過了十年，仍然會有人私信我，他們是現在在那裡讀書的外國學生，說他們的故事和我一模一樣，想我協助。當年我幫不到自己，現在當然也幫不到他們，除了對他們感到抱歉外，真的沒什麼可以做。

話說回來，我發了一個電郵給傳媒，說明我發生了什麼事，很快他們便回覆我可以安排採訪拍攝，讓我分享自己的故事。我很緊張，這是一件很危險的事，一個外國小朋友控訴一間大機構，但我覺得一定要做，因為我真的被騙了，而對方又不願退錢。報道出街後的確引起很多人注意，我收到很多支持的訊息，但現實情況沒什麼改變，校方完全不在乎這些負面新聞，依然不想退錢及不想幫我，完全不理我。他們也沒有道歉或承認錯失，或暫停叫外國人來讀書。

關於 model 的有趣現象

我的簽證仍有半年有效期，學校既然不肯退錢，我唯有繼續留下來，但不會讀書，而是用這段時間研究解決方法。我在香港經常去party，見過很多大學圈子以外的人，得知很多俄羅斯人都在香港做 model。他們會帶我去一個叫 model's table 的活動，在香港很多 club 都有，每間 club 特別留張枱給 model，枱上有無限免費飲品，好像我之前在宿舍想識外國同學那個方法。Club 用這個方法吸引 model，有些 club 還會有 free model dinner，很多 model 坐在一起不用付錢吃東西。那些食物不是很多，大家都用自己的方法有禮貌地打架才能吃到食物，外面很難賺錢，他們要靠 model dinner 食飯。

原本我不明白究竟club有什麼著數，讓model不用付錢飲酒食飯，很快我就明白，他們故意做這個安排讓那些貴賓「溝 model」，model 喝到很醉可能比較容易溝。加上如果有很多 model 在 club 裡面，有很多漂亮的人在那裡參加 party，看上去更加高級。去這些 party 時他們會跟我分享在香港的生活，那當然不會如他們拍攝硬照時那麼華麗，但對我來說確實是一條出路。

他們全部都住在同一間房，入面有些碌架床，然後各人每星期會收到 600 元港紙作為零用錢，公司會在他們的收入中扣減這 600 元。客人一般在完成工作 30 天後才會付拍攝費，很多時 model 要靠零用錢過活。加上公司要收佣，他們實收的錢真的不多，以致經常要去 model dinner 和 model party 醫肚。

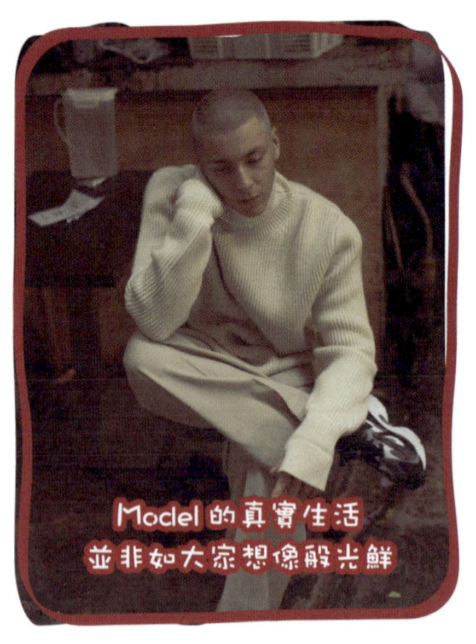
Model的真實生活
並非如大家想像般光鮮

洗腦自己係 model

但做 model 的好處是不需要什麼專業資格才能取得簽證，你可以叫公司申請一張三個月的簽證給你，然後再延長至六個月。聽起來是一種完全適合我目前狀況的解決方法，於是我找來幾間不同的 model 公司相約試鏡。其實我從沒想過自己是做 model 的材料，真係諗都唔敢諗，但是這個時候我真的要靠這個方法，盡量在試鏡時扮到很有自信，證明自己真的是 model。

可惜，不只我一個人覺得自己不是做 model 的材料，去了幾間 model 公司都被拒絕，我當然不開心，但他們確實有理由拒絕我，一來太年輕，二來有點肥、pat pat 大，加上零經驗。這些問題大部分我都無法馬上解決，唯獨可以做的就是整一份假 portfolio，讓別人相信我是真的做過 model 很久。

極速自製工作經驗

幸運的是大學有一個攝影學系，他們常常都要進行時裝拍攝作校內評估之用，那些同學很想找 model 但又沒 budget， 我就捉緊這個機會。之後幾個月，我捕住那些需要拍攝的同學，然後主動提出幫手。我是校內唯一一個外國人可以扮 model，他們不用給我錢，我又可以整 portfolio，對大家都好。

不過試想想，很多來自不同學系的學生聚在一起做一個 project，包括影相、化妝、造型，如果處理得不好，肯定會好災難，大家都是學生不懂得如何做，他們拍的相片一看就知不專業。但現在有我控制場面，跟他們說要怎樣拍，然後交給我自己執相，慢慢地我的 portfolio 開始成形了！再過幾個月，我終於有一批見得吓人的相，看起來真的好像做了 model 一段時間，我想如果有公司肯簽我，應該會有工開 。

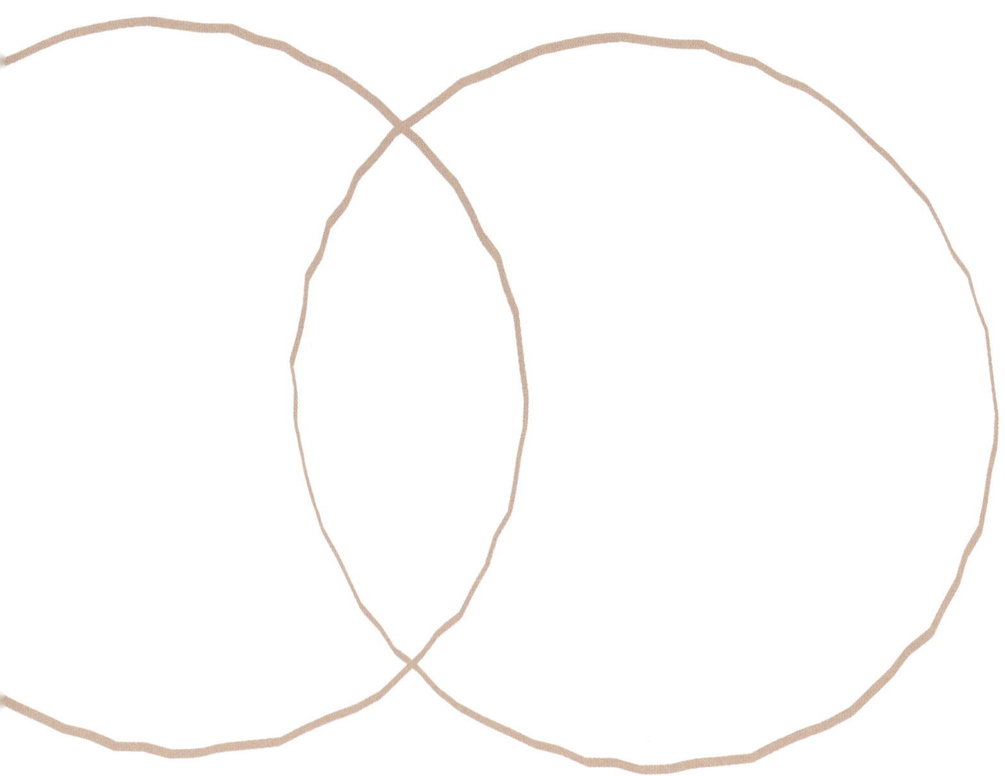

一夜之間成為大公司 model

第一間我帶 portfolio 去見的公司，差不多是全港最大的 model 公司，他們除了管埋 model 也管埋明星，我一定要好好利用那份 portfolio sell 自己。這個方法看來有用，這間公司真的簽了我，他們提供一份三個月的合約和幫我申請簽證，很開心找到解決方法。突然之間，我簽了給全港最大的 model 公司，對我和我的朋友來說是一件很痴線的事，完全沒想過會這樣。

外界聽到做 model 一定以為很亮麗、很夢幻、很有型，事實上完全相反。一天我要跑三、四場試鏡，但個個都拒絕我。Model 公司不知道我誇大，他們簽我是不需要付錢，沒什麼損失；但要令客人相信就不是那麼容易，他們都不想給我工作，我要很拼搏才能獲得一點機會。

接的都是下欄工作

第一個 model 工作在行內叫 dark job，意思是瞞著公司在外面接工作，客人直接給你錢，不需要等 30 天，可以快點收到錢及不用被扣佣，全部錢自己袋。當時我覺得這是一個很好的做法，但之後我發現原來有公司幫你安排工作及取收佣金是有原因的。這個第一次接的工作，他們拍的照片到現在仍然都可以用，而我什麼都做不到，因為我沒有跟他們簽約。如果由公司負責做這件事，他們會幫我及保護我。

說真的，我做 model 很不成功，沒有得到很多工作，唯一一個比較穩定的收入是幫一間細雜誌社影相。他們給我 600 元拍攝八個鐘，有一部分錢要給公司。這個工作是最低級，當時我自覺只適合做這些工作，穿一些不出名的牌子，很難接受這個真相。他們一星期會預約我三至四次，他們沒有心機去拍，拍出來的相片都很悶。有時我去到會化妝，有時連化妝都不用，他們想慳時間，認為雜誌沒什麼人看，不用花心思做這件事。然後我會換很多很多衫，全部衫都不漂亮也不襯我，中途會有個飯盒食，之後再拍一些相就可以回家，回家後我覺得自己很失敗，然後等兩個月收 600 元。

我是一隻白色馬騮

名副其實的白色馬騮

過程中我明白 model 分幾個種類，第一種是 fashion model，他們很高很瘦，漂亮得來有少少醜樣，我不知道怎麼解釋，總之看起來很容易令人記得。第二種是 commercial model，他們是一些很漂亮的人，在香港通常是亞洲人或混血兒，看起來有少少像亞洲人便可，這樣會有更多工作機會。最重要是不易令人記得，因為他們每個月都要幫不同大品牌出廣告，今天出啤酒廣告，明天出護膚品廣告，都是同一個 model。他們有最高的收入，客人願意付很多錢拍這些廣告。還有一種叫 white monkey，我最似這類。這些 white monkey 是很平凡的外國人，通常是白人，有少少個性，很適合出 event，負責在店舖派試用裝或幫美容院拍低成本短片。

多得我有少少個性，可以出 event 賺到少少錢。記得有次幫 Dior 在海港城派試用裝，看到很多中國人在那裡買名牌物品，一袋二袋，他們用普通話問我廁所在哪裡，當時我想，會不會有朝一日我都可以買這麼多東西，有這麼多錢花一整天在這些店鋪購物？但當刻如果買一對 3,000 元的鞋，單單去想都已經是一件很痴線和難以置信的事，大部分錢都已用來付香港那麼貴的租金，連吃東西都是僅僅夠應付。

有朋自遠方來真係好快樂

只做 model 似乎賺不到錢，一直等別人給我工作機會不是辦法，一定要找到第二個方法賺到被動收入。當時我無錢買機票回家探我的家人朋友，幸好我的朋友會來香港探我，我非常開心，有家的感覺，不那麼孤獨，和不再感覺自己跟家距離那麼遠。

他們來時我會照顧得很好，帶他們到處看，讓他們見識得越多越好，令他們有一個有趣體驗，覺得這個地方很難忘。記得有一個星期我帶朋友去海邊，當時掛緊八號風球，我們在跳，看風會帶我們去多遠；又在同一個星期，我和朋友經過有催淚彈的地方，用水幫別人洗眼。這兩件事也很危險，不建議大家做，但回憶是跟一世，現在我仍會記起這些時光。

畫貓貓狗狗賺外快

最難忘是這個朋友回國前，她知道我的情況有多困難和辛苦，於是給了我 5,000 元港紙。我很感恩這件事，用這筆錢開始做自己的小生意，就是在 T-shirt 上面畫動物圖案，然後賣給我的朋友、他們的朋友及那些貓狗主人。我用了那筆錢買顏料、不同的 T-shirt 及包裝。那些畫都很漂亮，我用五、六個小時才畫完一件 T-shirt，然後放售。朋友們都很喜歡，有很多人買，很少會有存貨。這件事很花時間，而每件只買 550 元很便宜，花很多時間賺很少錢。不過我很樂在其中，可以有少許零用錢，多過做 model 收到的零用錢。

做一個 white monkey 雖然間中會遇到一些畀得起錢的客人，但真是很少。而且看下去我真的不能繼續只做 model，只接一些廉價工作，又做不到其他。我不夠漂亮，不夠 model feel，做不到 fashion model，又不能改變種族轉做亞洲人，等我可以做 commercial model，我還是要想想其他解決方法。

學廣東話吸客

到目前我已經學了少少廣東話，同學們會教我，每次去試鏡我都嘗試講少少引起客人注意，希望他們會給我工作機會。雖然他們沒怎麼看重這件事，因為影相不必聽到我講廣東話，還有我只是識講很少很少，但是每次講少少都好，客人已經很開心，他們超級喜歡外國人講廣東話，會很欣賞我學了他們的語言，那我就覺得如果我不夠靚仔，但識得講廣東話，會不會比較吸引？

小時候我已經很想學中文，四歲已叫媽媽帶我去學，現在我不再需要靠媽媽，想學就學。我覺得這個策略幾好，學一個沒有其他外國人學的語言，找到一個最佳位置給自己，令我覺得真的可以找到很多工作。當我有一個想法，覺得一件事可行時，無論別人說什麼都不可以阻止我。我準備好花所有時間和金錢落去這個目標，看不到會有什麼阻礙。不知道為什麼，我有一個強烈感覺這件事是可行的，很驚訝沒有人試過做這件事。

這個想法是好，但不容易達到，每個成功的想法一定會有好多挑戰。如果我決定讀廣東話就代表我不能工作，讀廣東話也不便宜，要儲起一些做 model 賺的錢，還要慳錢，等我讀廣東話時可以生活得到。成件事聽起來好危險，如果我學完廣東話後沒有人需要我怎麼辦？但我有信心這是行得通的。接下來幾個月，我跟公司說接受所有工作，無論多小或多大。我也叫朋友家人幫我，如果他們願意。我亦有依賴那位天使，她選擇繼續支持和相信我。

Chapter 6

修復訊號 大步前行

屋企隔離有一間語言學校，價錢合理，也能為學生提供簽證，不是很多語言學校可以這樣做，我覺得是一個很好的選擇。

原來廣東話咁複雜

學校提供一對一或小組密集式廣東話課程，我當然想揀小組，一來便宜點，二來可識到類似背景的朋友。這個課程一星期上三、四堂，其他空餘時間我打算自己練習廣東話。但我知道我不會只顧讀書，想有其他事情幫我充實和增值。那時 YouTube 開始流行，我決定將空閒時間放在那裡，可以在平台上跟大家分享學了什麼作為日常練習，也可以幫我吸引目標客人。

學校成功幫我申請簽證，但他們跟我說了很多很多次，不可以同時讀書和工作。我很期待見到新同學和老師，及走入形狀奇怪又極度複雜的中文字世界，學這個一直以來都很想學的語言。可能很多人剛開始學一種語言都會比較驚，因為什麼都不懂，就好像見到一座很高的山，你在最低時向上望，一定認為要行到最高是很辛苦，但因為我一直都很想學中文，所以對我來說無論它有多複雜、多困難、多辛苦，都不介意。當時我還未知道原來「大眼雞」是一條魚的名稱，及沒有人懂得解釋給我聽「紅扑扑」是什麼意思，我還未知道這套語言有多複雜。

1:1 責罵式教學法

第一堂我興奮得比其他人來得早，包括老師。我用了些時間整理好所有教科書及不同顏色的原子筆。我很喜歡買文具，小時候家裡錢不多，家人不讓我買，現在長大了買什麼都可，所以買了很多筆。不久老師進來，他隨即說：「我們可以開始了。」我很驚訝，明明我買了小組課程，為什麼沒有其他學生？我們不等他們嗎？然後老師跟我說沒有其他人報名，變成一對一上堂，其他人都在隔離房學緊普通話，我是唯一一個鬼佬花錢學廣東話。

雖然聽起來不錯，只需用小組課程價錢就能上到私人課程，但同時我很失望又識唔到新朋友。或者這樣也好，可以集中精神在學業上。這位老師的教學方法跟俄羅斯那邊很不同，他對我非常有要求，如果我做不到他會生氣。在家鄉，那些老師會讚我做得好，不會罵我做得不好，比較正面；而這裡的老師好像故意無視我所有做得對的事情，只專注在那些我做錯的事情然後責罵。我那個西方腦袋平時慣了聽讚美說話，令我更有動力前進；當被人罵時會變得泄氣，覺得無論我有多辛苦都是不對。

加個量詞，明晒！

頭幾堂我已經明白自己完全聽不出不同音調的分別，老師講幾多次對我來說都是一模一樣。當我以為講得對，原來都是講得不對。同一句說話他越講越大聲，以為大聲點我就會明白，點知我死都不明白，不停講錯。我自問沒有什麼音感，唔識唱歌，我嘗試不要集中在音調上，找其他方法變通去解釋我說話的意思。我很快明白就算講錯一個字，如果識得在這個字前面加一個量詞「個、隻、條」，講多幾次後其他人就會明白我想講什麼。例如我想講「狗」，我在前面加個「隻」字，就算「狗」字讀唔正，別人也會知道我講緊一隻狗。

之前我全部字都用比較高音的 tone 去講，現在講多了才懂得分辨有什麼不同。每個老師都有自己的一套方法教學生學語言，這套方法可能適合大部分學生，但我建議大家要找到適合自己的方法，不要盲目跟隨別人，要找到自己覺得最舒服和最容易記得的方法才可以學得好。到最後都是你要講和你要學，不是別人，我覺得有效率比跟規則更重要。

港人成日掛住食

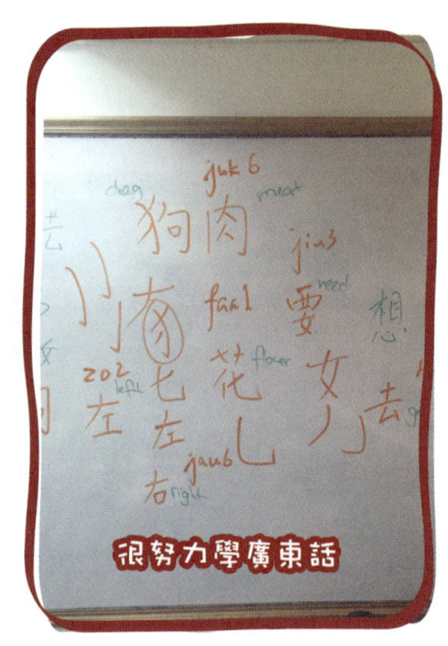

很努力學廣東話

第二個幫我很多的方法是我經常用的，如果學新字，我會在紙上重複寫很多很多次，睡覺前再看一次，到起床時很神奇地就會記得所有新學的字。學廣東話的過程中我發現很多關於香港人的新事物，來香港兩年後我學廣東話才開始明白香港人多一點。他們的文化及想法跟語言很有關係，可以從語言中看到別人的邏輯。當你學過廣東話就會知道香港人整天都在想一種東西：食物。香港人會用食物罵人，「你是什麼新鮮蘿蔔皮啊？你個蛋散！」

平時學一種語言，書裡面會有一個章節專門介紹食物，大概三、四頁，但當用廣東話學食物名時，寫滿整本書都不夠。我很喜歡看麥兜卡通，裡面有一個情節說到麥兜和媽媽去茶餐廳，然後侍應列出所有食物名。我真的很喜歡這個場景，決定背好超過一百種食物名，要說得很快，還要一 take 過，然後拍成一條搞笑片，相信會令香港人和我老師留下深刻印象。如果一個外國人這樣做，他們應該會很喜歡，預計會有不錯的點擊率。

東西方邏輯大不同

學廣東話的過程中我發現一個小秘密，在香港如果要寫地址，次序是由大至小，由區域開始，然後街道、大廈、樓層，最後才是單位，跟外國完全相反。這個邏輯是香港人先想大畫面才到細節，而外國人先專注自己，最關鍵是你住幾多號，最後才關心你住在什麼國家。我不知道這解釋是否合理，只覺得很搞笑。

還有關於時間，外國人會說九點四十五分見，但在香港你要數一數四十五分鐘究竟有多少個五，你要計數，你說九點四十五分，是九點八還是九點九？我的數學不好，數不到究竟四十五分鐘內有多少個五分鐘。我覺得這個邏輯很痴線，為什麼你要這麼複雜講幾點見？我在手錶見到九 / 四十五，我就講九點四十五，為什麼要講九點九呢？香港人是不是想考自己的計數能力？還是其他原因？

拍片勤練廣東話

我學廣告話學得不錯，雖然大部分都是在學校外面學到，我的老師很喜歡依書直說，加上他的責罵式教學法我不太喜歡。我對廣東話有興趣，但不是很想跟他學，我唯有平時記低所有想問的問題，在上課時一次過問他，然後放學後不停練習練習練習。其中一個練習方法是拍片，既可講廣東話，又可訓練自己唔好太怕醜，還可以在回看時知道哪裡做錯，哪裡可以更好。

我記得第一條廣東話片是在上環屋企的廚房拍攝，我穿得很漂亮，想拍一段很有趣的影片介紹自己和說明我正在做什麼。我的朋友坐在旁邊地下，幫我將份講稿逐句逐句指出來，等我跟住讀。我是一個完美主義者，希望事事做到最好，可惜無論我說了多少次，我的朋友也是糾正我，話我說得不對。原本以為是一段又快又好玩的影片變成拍了很久，令我緊張得出汗。要在鏡頭前說話已經很辛苦和很困難，還要用第四語言去講，令整件事更加複雜。但我有夢想和目標，不覺得丟臉，最終成功拍片。

我真的不在乎聽下去是否很傻很錯，當你很有熱誠學習一種語言，但你時常怕自己說錯話就會變得緊張，你所學和背誦的一切會突然之間忘記。在香港，怕出錯和怕尷尬是很多人的通病，他們不想跟我說英文都是因為怕醜和驚。香港人很多時想學一種新語言，他們願意花錢花時間，但往往害怕在現實生活中練習和應用，覺得很怕醜很尷尬，最後練習不到，只好放棄夢想。

齋啡配煙的日子

過去幾星期我一直在拍搞笑片，慢慢地放更多心機進去，開始度每條片的故事情節，在概念和製作上放更多努力，拍得越來越好。

我是一個設計師，選擇忠於自己，想放多些創意進去影片，在學廣東話外，我需要一條出路可以展示我的創意，其中一樣就是畫T-shirt，這是我其中一個收入來源，我做不到其他工作，做不到model，還有我不是很會用錢，很快就開始沒錢。

讀了三個月廣東話課程後，我已經開始不夠錢買食物。每天我都將可以用的錢用來買凍齋啡和煙，一天飲兩杯勁大的凍齋啡及食兩包煙。我由十歲開始食煙，來到香港學廣東話時已食了超過十年。我記得買一包煙是 55 蚊，接著買杯特大裝凍齋啡約 40 蚊，基本上一天就花 200 蚊港紙。對我來說這是一個很好的投資，食煙令我不會那麼餓，飲咖啡令我精神些。

上環降級去北角

最花錢的不是食煙和飲齋啡，而是交租。我在上環住雖然近學校，而且很方便我繼續去那些 free model dinner 和 free model party，起碼我在這方面不用花錢。當時我仍然繼續扮 model，那些 club 不會知道我已經沒有再做 model，他們讓我繼續吃東西和免費任飲。

但上環的租金真的太貴，無法再住下去，很快就要搬去其他地方。新的地方是一個降了級、不是很好的住所，之前已經跟你們形容過北角那個地方。我當然很不開心，但深信自己終會成功，只好暫時接受眼前狀況。我知道現在所做的犧牲有朝一日會有回報，終會找到一間我鍾意的住所和有一張床。目前要完全集中精神在學習那種古怪語言，我已經減了很多肥，不是刻意，只因我沒有錢，不可以吃那麼多，自然變得越來越瘦。

打工換餐學中文

我是一個超級喜歡吃早餐的人，如果要花錢在食物上，一定是早餐，如果一天只可吃一餐，也一定是早餐。我很喜歡吃大大份的西式早餐，香港不是很多地方有，特別是 11 點後，大部分餐廳已轉做午餐，幸好上環有一間餐廳很晚都繼續有早餐吃，還要是我最喜歡那種，所以經常幫襯，老闆和店員都知道我要吃什麼，一進去什麼都不用說，只打個招呼，他們就已經開始準備我的早餐。

那個老闆娘不懂說英語，但她很想跟我做朋友，經常會跟我聊天，雖然聊得不是那麼好，但她很友善及想知道更多關於我的事。我跟她分享我的情況，慢慢說起廣東話。她很感意外，同時也會幫我糾正說錯的地方，或教我一些更本地的說法，這是老師沒有教過我的。

當我準備搬屋，有天去餐廳跟她說這可能是我在這裡的最後早餐。我們進行了深入交談，我告訴她我的情況有幾辛苦，接著她也跟我分享做一個小餐廳老闆有幾辛苦。去到對話結尾，我們發現原來可以互相幫助，雖然我不能打工賺錢，但我們都覺得我可以在空閒時去幫她手，之後按需要在她的餐廳換早餐、午餐或晚餐。

群到一班本地人

最重要是她會幫我練習廣東話，我的廣東話可以更加進步。我覺得這比出糧給我更好，給我練習機會，職員和食客都不會說英語，只會說廣東話，我死都一定要說廣東話，可以學到一些很本地的說法，是我讀書學不到的。老師教我的東西很正統，如果在外面跟別人這樣說話，好像一個白痴仔，一本會說話的教科書。這是一個非常好的提議，我沒有想太多就馬上答應了。

這個決定解決了很多問題，除了令我終於有飯食，無論是給我個胃還是給我個腦，也令我能跟一班本地人好似朋友咁相處，終於有一個渴望已久的本地社群。雖然這只是一個很小的社群，只得餐廳的人，但大家一起工作時做到互相欣賞，老闆越來越喜歡我，當我是不同種族的半邊仔，很多時她會邀請我參加家庭慶祝活動，例如農曆新年或家庭成員生日，可以說是同時幫我解決另一個問題。在香港我不時覺得很孤獨，感受不到家庭溫暖，我沒有錢，沒有回過俄羅斯探親，很久沒有見過婆婆、媽媽、妹妹和我的朋友，能夠在香港有家的感覺令我很窩心。

終於遇到對的人

這段日子經常返餐廳練習廣東話，進步了很多，但就累得沒有再拍片，成個腦筋疲力盡。幸好之前拍下的片繼續收到一些點擊率，雖然不是很多，但有對的人看到這條片，改變了我的人生軌道。有一天我收到一個電郵，有人想邀請我去試鏡，是一個本地兒童電視節目，他們想找一班會講廣東話的外國人跟一些本地小朋友玩，想我做其中一個主持。我覺得這件事簡直完美，完全跟足計劃進行，但要跟小朋友玩就不太好，我唔鍾意小朋友，要同小朋友工作等於惡夢，但我不介意犧牲有多大，最重要是達到目標，而那刻的目標就是出名。

當我是小朋友時，已很想娛樂同學，還有我喜歡藝術，從前有人問我大個想做什麼？我經常都會說想做一個出名的人，無論是出名的設計師、演員、舞蹈員，總之出名就可，電視台這個機會就像在一條黑暗的隧道盡頭見到最美的日光，是一個我等了很久的機會，突然之間有種感覺是之前所有努力都沒有白費。這個節目會在一個全新電視台播放，他們說這個電視台將會成為香港第二大電視台，成為香港最大那間電視台的主要競爭對手。我之前都有看過香港的電視台，覺得他們拍的東西不是那麼好，無論是戲劇或綜藝節目都好像拍得很求其，所以從沒想過在香港電視台工作，因為我不想拍那些東西。

成日試鏡同搞簽證

而這間新電視台承諾會年輕一點，玩味一點，勇於創新，但找我工作的不是電視台，是一間製作公司，他們會把節目賣給電視台，他們想找懂得說廣東話的外國人，這正是我拍那些片所加的關鍵詞，我付出努力，播下種子，終於有收成。我現在需要去試鏡，展示我識得做的事，雖然我做 model 時有很多試鏡經驗，但多數是失敗，以至一聽到試鏡就會立刻緊張，可能習慣被拒絕，一聽到試鏡好似已經等於失敗。不過這次他們不只看我的外表，我可以展現自己的個性，而且競爭不會那麼大，在香港識講廣東話的外國人比較少。

做 model 試鏡，每次起碼都有 100 個人上來，有一次更多過 500 人，而這次大概只有八個人，他們看起來不完全是外國人，很多都是混血兒或在香港出生。如果和其他人比較，我的廣東話是最差，只學了一年，但我自覺表現最出眾。完成試鏡後，製作公司很喜歡我，覺得我很適合，但面對的第一個問題是我的廣東話還是不行。我跟他們說我會更加努力，如果給我一點時間，會學得很快，達到他們想我達到的目標。我是一個有效率和熱誠的學生，只要給我機會和時間，一定可以達成所有預設的目標，所以廣東話不是問題。

但有另一個很大很大的問題，也是從第一天來港已跟住我的問題，到現在仍然跟住我，就是簽證。作為學生我不可以工作，作為 model 簽證只有三個月，但他們是想長期合作，得一個解決方法是他們提供簽證給我。他們是一間製作公司，只懂得製作電視節目，沒試過幫人搞簽證，但是他們喜歡我，看到我的熱誠，將所有努力放到他們的節目上，於是我幫他們幫我申請簽證。我有很多經驗，知道需要交低什麼文件便可申請。我是唯一一個外國主持需要搞簽證，其他人隨時都可以開始拍攝。那個電視台在四個月後才正式開台，我們的節目被安排在第一天就要出街，要立刻開始拍攝。

我還沒拿到簽證，起初兩個月都不可參與拍攝，但我會去看其他主持人拍攝。

窮得只剩下變賣

我帶同 notebook 記低他們所講的對白，他們的表現有哪些地方是我喜歡和不喜歡，了解每個人的問題，希望做到的是當我一拿到簽證就可發揮得更好更完美。這樣做令部分主持覺得我是想展示給製作人看有多努力，他們開始不喜歡及投訴我，但其實我的目的是為了幫助自己，不是想打擾他們，令他們做得不好，我不是想讓製作人看到。當我看到別人做錯時，要提醒自己不要重犯這些錯誤，從旁看會比較容易看到哪些是對，哪些是錯。我實在沒有其他特別事情要做才常常去拍攝場地，我那麼努力對我來說也不容易，去到這一刻我已經付不起錢天天去看他們拍攝，連搭地鐵的錢都無！

我開始變賣喜歡的 DVD，包括周星馳的《少林足球》。最搞笑的是，之前我提過四歲時看了這部電影後很喜歡中國文化，想學中文，而周星馳也是由兒童節目開始他的事業。現在我要賣他的 DVD 賺錢搭車去一個兒童節目的拍攝場地，你說足球是不是圓的呢？我在二手市場還變賣了很多東西，需要多點錢，雖然聽起來很辛苦，但完全沒有影響我的心情，我已經準備做一些想做很久的事，現實完全沒有影響我，我很清楚看到未來。只要電視節目一出街，人們看到後我就會突然出名，有很多很多工作機會，生活會立即改變。

可怕的節目對手

過了幾個月後我的簽證終於獲批，可以開始拍攝。我用了幾個月很努力學廣東話，經常去餐廳練習，又看過其他主持工作，真的花了很多心機和努力。我有拍開 YouTube，有在鏡頭面前演出的經驗，但拍電視節目完全是兩回事。還記得第一天在一個色彩繽紛的布景拍攝，我穿上很搞笑的衣服，那位撰稿員數 3、2、1，攝影機開始拍攝，但其實我覺得這個 3、2、1 是在數我的心何時從我的身體裡面跳出來。

我很想快點離開這個地方，覺得很尷尬，成件事跟自己拍片很不同，我要聽得明小朋友說什麼，他們很嘈，很大聲，很活潑，很煩，他們的廣東話比我的更奇怪，又不理會要說得慢一點來遷就我。我要因應他們的說話給反應，要回答他們，還要答得夠搞笑。開頭幾次拍攝我很困惑，不知道發生什麼事，不知道大家在說什麼。再拍攝多幾次後，才開始越做越好。我還是不太明白大家在說什麼，只好專注於表達自己的個性和正面的態度，我覺得無論說什麼語言也都能令人感受得到。

享受拍攝 初登熒幕

我不能說享受跟小朋友共事，但我很喜歡拍攝過程，很喜歡現場拍攝，喜歡化妝，喜歡跟撰稿員傾流程和練習流程，完全是一些我很喜歡做的事情。大家會覺得我是一條在水裡面游的魚，很舒服很適應。我不是經常拍攝，因有很多主持輪流出場，每天有兩個主持，每次拍攝十個小時，一天拍四集。很多人都覺得電視台會給很多錢，但事實並非如此，加上我一個月只拍三、四次，你都應該估到是一定不夠用。現在回想都不知那時是如何生活，如果不是有天使幫我，我可能更加辛苦，但又是那句，錢的問題完全影響不到我，我不覺得不開心，我相信只要再忍耐多一陣，生活很快就會改變。

電視台開播當日，他們安排了一個很大型的發佈會，讓現任節目主持上台介紹他們的節目，但是不知道為什麼我們的節目並不是其中一個要在台上介紹的節目。他們純粹很快地說將會有一個兒童節目，但是那個介紹短到好像打一個喊露就會錯過了。我在較後時間才加入拍攝，最初幾集是沒有我，電視台開播頭兩個月都沒有我出現。終於等到我上電視了，非常緊張，每次拍攝完我們都沒有機會回看拍了什麼，最後的剪輯版本都沒得看。除了靠記憶，都不肯定自己究竟做成點，不知道可以期待什麼。沒得回看，就不知道究竟做了什麼，有什麼可以做得更好，有什麼方法可以進步。我評價其他主持幾個月後，終於輪到評價自己。

黃手指與痕皮膚

記得在家中電視第一次看自己出鏡，完全不似預期。我第一樣留意到的東西，就是究竟我的右手手指有幾黃。有個近鏡是一個小朋友在說話，然後我的手放在他的肩膀，這個鏡頭是勁近影住我的手指，很黃很核突，因為我食了很耐煙令手指變色。我決定馬上戒煙，跟小朋友工作要他們捱煙味，令我覺得很尷尬。食了這麼多年煙，突然要戒當然是很辛苦和很難做到。戒煙後我變得很胖和經常不開心，到現在間中都會想食，有時睡覺發夢看到自己食煙會扎醒，好似發惡夢咁。不過成功戒煙證明只要努力，我什麼都做得到。

第二件我注意到的事是我不停㨂自己，可能是太緊張，整天都好像很痕，每個你見到我的鏡頭，我都在不斷㨃自己。拍攝時我真的沒有留意到這個問題，無意識地做了這件事，現在看回就很明顯。除了這兩個問題，還有很多東西可以改善，例如不知道其他人看不看得到，但是我看到自己經常很迷惘，每次見到我的大頭都是不知道在發生什麼事。雖然有很多不滿，但我還是很興奮，終於可以在電視見到自己。

說好的撐新電視台呢？

現在看來所有事情會變得不同，我突然之間覺得這個世界變了。現在出街，別人看我跟之前不一樣，可能他們在電視見過我會想跟我打招呼或拍照。我如此興奮是因為在我這麼喜歡的地方終於被人接納，我很期待別人喜歡我，可能他們從現在開始也會當我是一個香港人，我這麼喜歡這個地方，也想這個地方喜歡我。

那集播放完後，我立刻準備出去吃東西，我不再是隨便穿得很街坊，而是穿上顏色漂亮的衣服，剃好鬚，Set 頭噴香水。如果真的有人跟我拍照怎麼辦？當然要裝扮得漂亮些。如果之前的同學見到節目出街我在講廣東話，他們會不會覺得很震撼？我之前投訴別人不講英文，現在變成自己在電視節目懂得講廣東話，進步非常大。

進入茶餐廳，我一見到電視，成個心好似停了，每間茶餐廳都會有電視，剛剛播完我出鏡那集，他們會不會剛看過？但是我看看電視右上角的標誌，發現原來也是慣常那個電視台，而不是新電視台。我覺得很奇怪，為什麼個個本地人好像都不喜歡新電視台？之前有很多人跟我說新電視台啟播後他們會支持，終於有一個年輕一點的競爭對手。為什麼現在出台了他們卻沒有看？為什麼他們都沒有支持？明明大家都說舊電視台不好。

日子還是如常地過

過了幾個星期、幾個月，我好像住在一個泡沫裡面，沒有人認得我，沒有人談論這個新電視台，沒有餐廳播放這條頻道。我又沒有被邀請去參與新工作，覺得很失望。我放了很多心機和努力在這個節目，為什麼這個節目阻礙我做 model 賺錢，但又沒有令我成功？究竟我是不是很失敗？我和其他主持又做不成朋友，每個人都當這個單純是一個工作，沒有太放上心。每個人上去電視台拍攝，拍完就回家，不想在工作以外互相接觸。

我特意去很多香港不同地方的茶餐廳，看看究竟有沒有人在看新電視台，結果沒有，個個都是看舊電視台，這個世界好像只有兩個人看新電視台，就是那位餐廳老闆娘和我，但是她看那個節目也是因為我逼她。我的生活完全沒有改變，其實也可以說是有改變，只不過是向不好的方向變，令我變成更加失望，感覺被打敗了。

沮喪、消沉、抑鬱

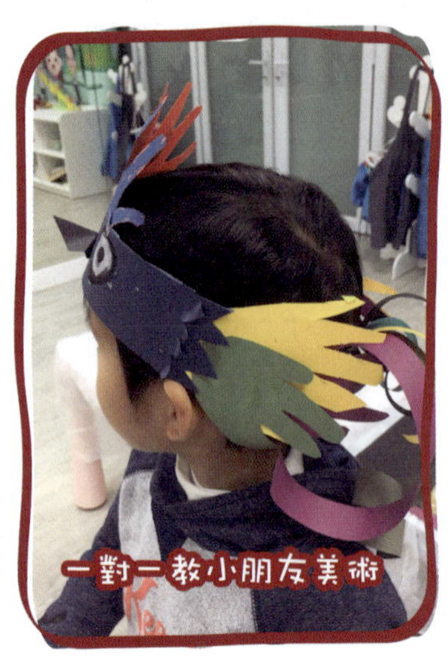

之後我更發現原來其他節目主持的收入是高一些，那刻我很糾結，那位製作公司老闆、即節目製作人都知道我有點辛苦，決定幫幫我，但不是加我人工，而是提議我去他新開的美術中心做藝術老師，又要跟小朋友互動。其實我是很不想、很不想，但是 500 蚊好過完全沒錢，所以我答應了。對我來說這是一個惡夢，要困在一間房內一小時、一對一教那些小朋友畫畫。我是憎死這種事，覺得很沮喪，在不用拍電視節目和不用教小朋友畫畫時，我開始沉迷打機，這樣才可以分散注意力。

那位天使又緊張我，她之前沒見過我這樣，於是盡力嘗試令我開心一點，沒有其他方法可以幫到我。我從早到晚都打機，甚至不洗澡，不吃東西，其他什麼都不想做。到了這刻我已不想回去拍兒童電視節目，都沒有什麼用，我花了這麼多努力，都沒有什麼好事發生。這是抑鬱的短暫開端，很快我就重拾自己，決定要繼續走，幫自己解決問題。

媽媽，好久不見了！

來到這刻，媽媽的問題大致解決，我終於可以跟她聊天，我們已三年沒有聊過，終於可以打電話給她。我有很多東西想跟她分享，我的生活在這三年改變了很多。我學廣東話又上電視，她很興奮和對我感到驕傲，但我刻意避開跟她提及我得不到想得到的東西。她計劃來香港探我，我開心之餘又很緊張，除了因為三年無見過她，另一方面是我現在看起來一事無成，不想讓她見到我香港那個發霉的家，窗外有老鼠打架，有很大的蜘蛛，我們兩個都最驚蜘蛛，最慘是我連床也沒有，只睡在地下的床褥。

她終於見到我上電視，我想帶她去拍攝現場讓她看看我工作的情況，其實她也想做一名演員。雖然抑鬱仍在纏繞我，但見媽媽情況好轉，足以令我開心點。我決定繼續拍片，之前拍片幫過我一次，得到拍兒童節目的機會，會不會有可能再幫我一次？之前說過，我想學麥兜那集講很多食物名，我覺得這條片真的會幫我成功，相信香港人看到這條片一定印象深刻。我用了很長時間背好所有食物名，希望這條片是一 take 過無剪接無貓紙，想完全背熟和講得非常好，好像準備做一個健力士世界紀錄大全的表演。

四個女仔一隻鬼

正當我準備拍攝這條片及等我媽媽來港時，另一個機會來了！那個製作公司老闆幫新電視台拍更多節目，今次是個女生 talk show，他想我做節目裡唯一一個男生，四個女主持傾女生的事然後我給意見。這個建議很有趣，我很開心，終於不用跟小朋友互動，Talk show 聽起來亦幾好玩，收入會多少少，可以幫我很多。我很感激他給我這個機會，雖然未必幫到我成功，但很開心除了我的天使外，原來還有其他人對我有信心，加上他是一個男人，我從小就沒有成年男士在身邊支持我，因此特別多謝他，同時也很怕會失敗令他失望。

出席電視台的宣傳活動

從第一集起我就很努力，其實他們還未肯定是否真的需要一個男生出現在節目裡，我的目標是要讓他們認同這個節目真的需要有我。第一集可以說是在測試我，他們沒跟我說要做什麼，只說我可以隨時進出女生的對話當中，我決定要做到最好。那集講關於試用不同的美容工具，他們給了我一個任務，我要帶同這些工具入鏡及放在枱上然後就可以走，不用做其他事。當我拿出這些工具時，我建議那些女生給我試用。這些工具當中有關於脫毛的，女生不想試在自己身上，剛巧我有很多毛，我伸出手給她們試。整集看來好像她們在折磨我，用這些工具在我身上，我給她們一些很搞笑的反應，再跟她們調調情。

拍完那集，感覺大家之間很有化學作用，我令節目有了新的拍攝角度，老闆覺得我真的適合這個節目。之前我覺得拍兒童節目很辛苦，但原來拍女生節目更加辛苦，四個女生同時說話很快很複雜，有時是沒什麼邏輯，對我來說超級難，完全是第二個 level。雖然拍兒童節目後我的廣東話有進步，但一定未進步到完全明白女生說什麼的 level。有時他們會給我背台詞，我當然不想 NG 浪費別人的時間，很努力背，拍完這個節目我的廣東話進步得更加多。

女生們的是是非非

雖然只有我一個男生，但她們都很隨和很好玩，有時會跟我講對方閒話。始終她們幾個都是女生，大家之間有良性競爭，而只有我一個男生，自然成了中心，那些是非不會影響我。有時我們會在外面見面飲酒，慢慢成了一個群組，我覺得幾開心，可以跟她們熟絡。她們當中有幾個拍攝經驗豐富，有一定名聲，對她們來說這是重要的東西，她們表面上很友好，但你會感受到她們之間的競爭。有時她們會用每個 show 的價錢較量，看誰比較賺到錢。

我和大家看起來都很友好，沒有人會視我為競爭者，我只是一個 nobody，沒有人認識我，她們也沒有興趣跟我比賽，所以做得成朋友。這個節目的播放時間比那個兒童節目好，應該多些人看，但是我還沒有收到什麼反應，又沒有人認得我，還有其實我已經做了一年半，我的電視生涯仍然未成功，不過起碼我比較享受拍攝這個節目。

兒子變了第二個人

另一方面，媽媽來到香港探望我，她對所看到的東西感到很震驚，她覺得我跟以前完全不一樣，態度變得很不同。她記憶中我是一個充滿能量、很活潑、很開心的小朋友，喜歡時裝和在意自己的外貌；這次再見到我，我好像變得很斯文、很細聲、沒什麼能量，完全不介意自己的外貌，還有最重要是沒有音樂伴隨我。

以前她習慣在家經常聽到音樂，因我很喜歡聽音樂，沉迷於那些音響系統、耳機，經常都聽到很大聲，不理會旁邊有誰，但這次她見我完全沒有聽音樂，作為媽媽一來很擔心這件事，二來也擔心我住的地方，認為對我的心理和生理健康都不好，但那已是我當前能夠付得起租金的最好地方。加上那時我很瘦，因為還未賺到錢，平時都是靠拍攝節目時吃那個免費午餐飯盒，有時如果還有飯盒剩，我會拿一個留來做晚餐。這一切都令媽媽很擔心。

媽媽飲涼茶 我爆紅

我已經住在香港一段日子，比之前更認識這個地方，很興奮可以帶媽媽看看我對香港的新視覺，以及跟她分享一些她之前還沒認識的本地文化。我覺得如果拍低我介紹給她認識的文化，應該也會幾有趣，反正我也在努力經營自己的 YouTube 頻道。我近來對涼茶很著迷，認為可以請媽媽試飲看看她的反應。我們買了很多涼茶回家，我用盡所有燈光去設置背景，拍攝位置是我那張很小很小的梳化。

那間屋實在太小，不可以搬攝影機去遠一點，我和媽媽要坐得好近。我的天使就坐在攝影機後面，她將自己攝在鏡頭和牆身中間，大家看來很擠迫。拍完片後，我記得媽媽說：「這條片真的不好看」，因為她不是很享受，我將她這句話都剪埋入條片，覺得幾有趣。第二日我去拍攝電視節目時播條片給老闆看，他看得很隨意，一隻眼看著他的手機，一隻眼看著我條片，沒有跟我說什麼特別的東西，而我正期待一些比較正面的反應。於是我開始猶豫要不要上載這條片，因為大家的反應都麻麻地。但無論如何，既然已經拍了又執好了，決定如常發佈。

影片發佈後我繼續做自己的事，沒特別理會及留意。起初不是很多人看，但我開始收到一些本地雜誌要求，他們問能不能轉載這條片。當他們開始轉載時，整件事改變了，發癲了，幾乎每間香港媒體都有幫我出這條片，短時間內點擊率破百萬，有很多很多留言，大家都超級喜歡這條片。我立刻收到很多合作邀請，很多不同的牌子主動找我，之前我去試鏡時拒絕我的牌子，現在竟特意找我拍廣告。那時自覺進入了 easy mode，無論我做什麼大家都接受和很喜歡，不需要做得很辛苦、很努力賺錢才能生存。突然之間，大家會主動找我做事和給我賺錢。

成個世界唔同晒

時常聽人說一個人出了名就會變，但是他們沒有說得很清楚，其實除了你自己變，你身邊的人都會跟著變。本身在我們的節目群組裡，我是最不出名那位，突然在短短一個星期變成最出名和收入最多那個，及後每次我上去拍攝，那些攝影師、製作人、其他主持人全部都想跟我聊天和拍照。突然之間大家對我完全不同，雖然他們對我很好，但是不知道為什麼我覺得有點假，跟一個星期前的分別太大。那一刻我很受歡迎，無論做什麼訪問，拍什麼廣告，大家都好像很喜歡和想繼續看多些，我的 schedule 越來越忙，真的沒時間做十個小時兒童節目拍攝及那個 talk show，它們對我的事業沒什麼正面影響，收到的錢也很少。現在好像調番轉，是那個兒童節目需要我多過我需要那個兒童節目，但我還是繼續做，雖然沒有太多時間。

BELIEVE
IN
YOURS
Do all things with love
17 Formulae
Love my choice
可以潤吓喉再傾過，有利增進感情啦！
Galaxy S8 | S8+
夜攝香港大挑戰
Drumstick
嘆到盡 WHY NOT BOTH？
粉墨登場
黑CONE
粉CONE
接拍了不少廣告

我幾乎沒有時間休息，但我不介意，因為終於得到一些想得到很久的東西，終於看到成果，終於在我的生命中第一次人人都接受我，我很開心。有很多工作自然有很多責任，當大家當我是香港一份子，他們對我的期望也會更高。香港拍攝的方法真的很獨特，通常拍攝前一天才會收到稿，然後他們期望你 24 小時內背好稿演出。還有他們不想你 NG，但我才剛剛學廣東話，對我來說每次拍攝都是一個很大的挑戰。我不想令人失望，我覺得他們給我錢應該要做得很好，不要令大家的工作更加辛苦。

為多本雜誌進行拍攝

有些客人好像不太了解我是誰，他們不知道我不是本地人，又忘記我剛剛學廣東話，他們會在一天前給我很長的稿，內容很複雜。我要晚上坐下跟我的天使一起翻譯整份稿，然後她要解釋給我聽究竟是什麼意思，我寫上自己的拼音，再花一整日或一整夜背好。有時候拍廣告的稿會特別複雜，很技術性，是一些我之前沒有學過的字。對我來說我覺得只是在背一些聲音，所有我說的話完全不合理，好像只是唱歌要背那個音，而不是說那些字。幸好我這麼努力背了這麼多稿，短短幾個月我的廣東話變得很流利。

YouTube 才是我地頭

在短時間內由最低爬到最高，困難也會跟著來，我不是真的很享受那個時刻，反而很擔心，要抓緊每個機會，無論別人叫我做什麼我都會做，因為一直以來也沒有很多機會。有一刻不知道為什麼，我覺得自己不值得那麼成功，會因為有這麼多工作而內疚。我覺得在心理上習慣了經常都要很辛苦很努力去爭取機會，現在事情變成這麼簡單，就會害怕一切都會很快消失，不再身處高峰，我開始緊張自己現在有的東西。唯一一個解決方法不會令到全部東西消失，就是繼續做好 YouTube 頻道。去到現在只有它幫到我，全部成功都是因為它，電視好像對我來說沒什麼作用。

之前經常都以為在電視台工作會更加好，認為他們會放很多心機進去，地位是高一點。但原來很多我參與的演出，都是到最後一刻才突然之間決定做，他們做不是因為有熱誠，而是因為這是他們的工作。拍一個電視節目要很多人參與才拍得成，但是質素又不代表很好。我控制不了最後的出品，但是 YouTube 我可以完全控制好，決定整件事怎樣走。

雖然我不喜歡別人當我是一個 YouTuber，始終我也算是從電視開始，但我在 YouTube 做的事更加有質素，還可以說一些電視說不到的話題，加上現今的人喜歡 YouTube 多過電視，對我的事業有更好的影響，所以無論我的日常工作有多繁忙，我還是決定要經營一個很複雜和很漂亮的 YouTube 頻道，我真的想做一些很特別的東西，即是不要亂拍，我想有很漂亮的燈光，自己做剪接、寫稿，請一些電視台的嘉賓上來玩遊戲，就好像 talk show 那樣，那個時期不是很多人這樣做。其實對我來說有很多事要處理，全部都要自己做，但我真的很想好好利用現在有的機會，做一些我能控制的事。

首個有自己節目的外國人

2018 年，世界盃在俄羅斯舉行，那時我剛出名，是唯一一個活躍於新電視台的俄羅斯人，他們很有興趣請我現身很多節目。那時製作公司老闆想賣一個節目給電視台，是關於我帶一些香港女生回俄羅斯，讓她們走走看看。原本我不是很有興趣做這個節目，我很不想回俄羅斯，上次在俄羅斯時是 15 歲，完全不喜歡俄羅斯。我對俄羅斯沒有什麼興趣，也不想當兵，但是我覺得這個機會太好了，做第一個外國人在香港有自己的節目，所以我同意做這個節目。製作公司只投放很少錢到節目，他們說這是我的節目，很多事情都要親力親為，我不只要做主持，還要做撰稿員、製作人、導遊、翻譯，甚至為攝製隊提供情緒支援。

現在回看，這是我成世人最差的一個旅程，未出發前已出現問題，我要找很多不同地點取景，並列出在那裡會做些什麼。由於製作公司不想付錢去這些地方，我要自己打電話跟這些地方的負責人交涉，問一下他們可否讓我們免費拍攝，然後我要逼媽媽和她的朋友出鏡，我以前的同學也要出鏡，全部都是免費，大家也猜到成件事有幾困難。但我很難拒絕製作公司的請求，如果最後節目效果不好都會影響到我，我要很努力做很多準備。其實他們將節目賣給電視台會收到好多錢，大可以拿部分錢投入到節目中等我無咁辛苦，例如找一些本地俄羅斯人幫手。

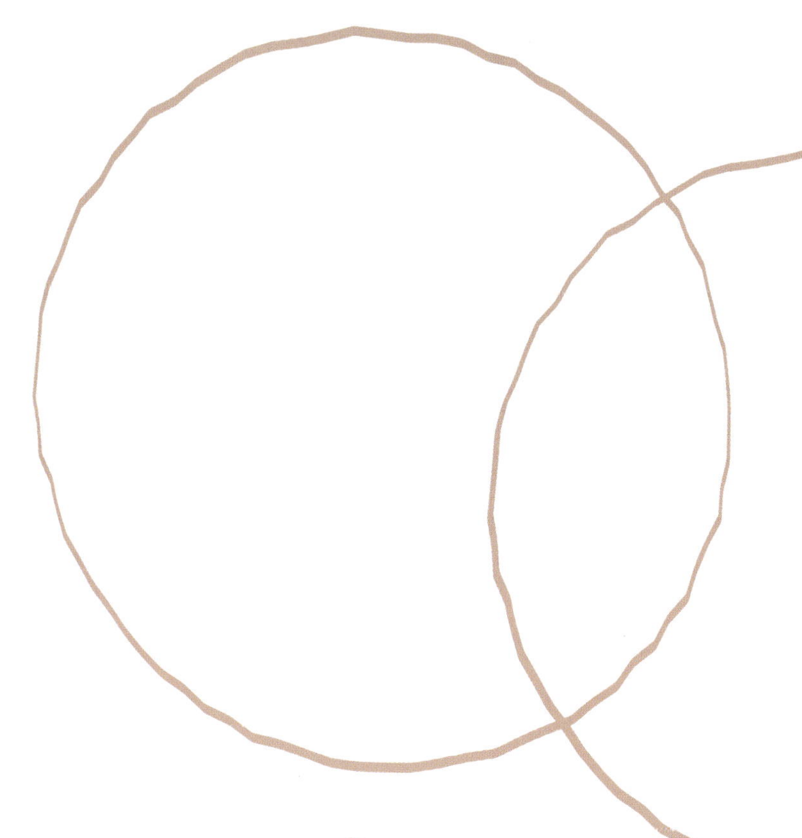

嚴重被剝削之旅

在俄羅斯最冷的月份進行拍攝

這是一個三星期的旅程，一個星期去一個城市，每天都要由早拍到晚。拍攝月份是二月，俄羅斯最凍的時候，負 22 度左右，單單這點已經覺得很辛苦，而整個旅程好像完全殺了我。他們沒有請翻譯員，只有我一個懂得講俄羅斯語，帶著七個香港人攝製隊，我要安排車，幫他們叫東西吃，在酒店解決他們的問題，跟景點負責人交涉，跟著又要講解給跟我們拍攝的俄羅斯人聽，究竟我們想拍出什麼效果。我還要扮得很開心和很活潑地做主持，但明明我真的沒有什麼能量和經常發脾氣，整件事很辛苦。最慘我又要用廣東話做節目，在負 22 度的天氣下我個嘴已經結了冰，完全說不出那些字，跟著又要 NG 很多次。

他們的裝備不是很專業，我做得不好要 NG，突然間儀器會因為太凍而失靈，我們要幫儀器熱身。然後攝製隊太習慣香港的安全，他們不明白這邊有很多人都想偷他們的東西，經常都會打開袋四圍走，我很緊張地看著他們，要保護他們，變成了保鏢。我的休息時間很少，就算休息，也因為沒有 budget 而要和工作人員睡在同一間房。

那一刻我還不是很明白究竟這件事有多不公平，直至有一下我媽媽表示不滿。我們拍一個漆彈射擊然後我受傷，原本我不想拍，這不是我想做的東西，但他們說會好看，所以就逼我做，到我真的受了傷，我的手變得很大很大，然後沒有人照顧我，他們完全不理會我受了傷。媽媽就發脾氣，她想保護我，說不讓我再拍攝，要等那些工作人員幫我後才可繼續拍。

我還是要搞 party

到了旅程最後，我真的沒有什麼心情，覺得整個節目很失敗，充滿負面情緒。這個旅程完全不值得去，我做了很多事，收的錢卻很少。可能很多人去到這刻就會停，不再那麼努力，但我又是買不到教訓，決定要在節目第一日出街時搞一個開播 party，我要請所有粉絲及傳媒出席，一定要令到這個節目成功。平時很少人會這樣做，要做都是由電視台安排，但去到這刻我已經明白到，如果想做好一件事就要自己去做。所以我安排整件事，自己邀請傳媒，自己付錢租地方，自己付錢準備食物，我也沒有要粉絲付錢，入場券都是免費的，大家可以隨便進去和我一起看節目。

其實我搞這個活動所花的錢比我拍攝節目賺到的錢多，我只想搞好一場 party，到現在大家已經知道我經常都好努力搞 party，但是每次都不成功。如果跟之前幾次比較，這次 party 是成功的，我看到很多粉絲，到現在都不時會跟他們出去聚餐，傳媒亦幫我出很多很多宣傳去捧這個節目。最後這個節目出了街，比我想像之中更加成功，之前付出的一切都得到回報了。

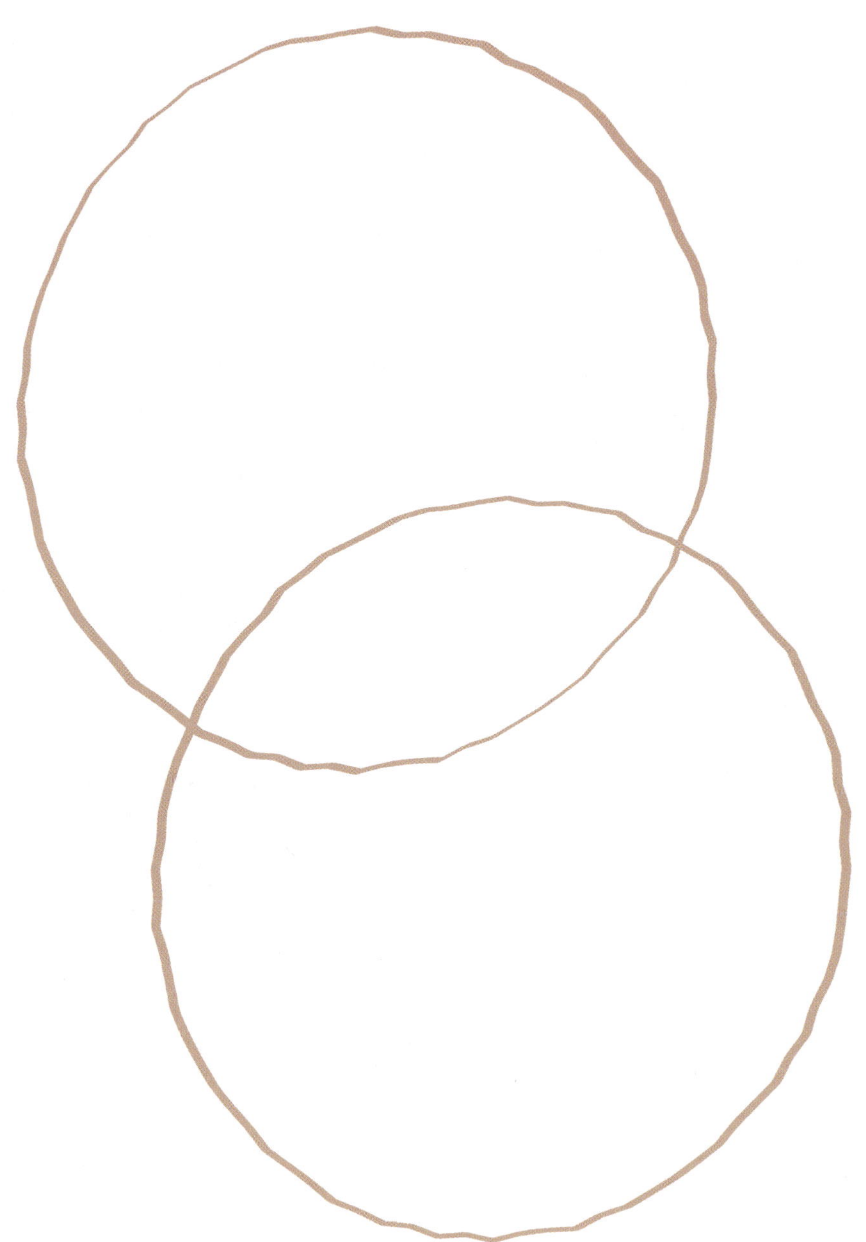

Chapter 7

掠食者眾 災禍難料

人生來到這一刻，我終於得到所有渴望得到的東西，大眾的喜愛、關注和接納，我感受到很多香港人喜歡和支持我。但無論這份愛有多大，都不能彌補我原本最需要的那份愛，來自一個無條件愛我的人——爸爸。我在娛樂圈這麼久，做過很多訪問，大家從沒聽到我講過關於爸爸的事。通常我講說話都比較搞笑，但關於爸爸的事是完全笑不出來。

我在家暴下成長

我和爸爸

在外國家庭，你經常都會聽到「I love you」這句話，但在香港家庭我完全沒有聽過他們講，也沒有聽到父母大聲表態支持自己的小朋友。我覺得很奇怪，他們不可能不愛小朋友，一個家庭不可能沒有愛。雖然我很多外國朋友的父母都已離婚，但每天他們仍會聽到來自父母的「I love you」；反而香港家庭比較穩定，父母較少離婚，卻從不聽見他們對子女說「I love you」，可能香港父母比較著重用行動表達愛多於用說話吧。

我的父母早已離婚，在我八歲時媽媽帶我和妹妹離開爸爸。我很記得那天是三月八日國際婦女節，俄羅斯人很重視這個日子，所有女士都會被寵成公主，男士會買禮物送給她們及大獻殷勤，但這些都與我媽媽無關。她在我們三個搬出去住的新屋洗地，全日都在哭。原本以為她哭是因為不想在假日做家務，我覺得很難過，沒有人買花送給她或對她好。那刻我完全沒想過她會因為離開爸爸而不開心，因為我覺得很開心，終於不用再跟他生活。我很討厭看到媽媽不開心，更討厭之前看到她經常被爸爸打而我什麼都做不到。

我記得她陀住我妹妹時，跟爸爸在廚房吵架，然後爸爸打她，媽媽邊哭邊叫人幫忙，但沒有人可以幫，沒有人可以制止爸爸，除了我隻貓，牠想攻擊我爸爸，好像在保護我媽媽。爸爸拿起隻貓掉向我的方向，我見那隻貓飛向我，馬上避開牠，到現在還很清楚記得這一幕。爸爸不只打媽媽，也會打我，所有我說的話和做的事都會令他不開心，從而令到我不安全。皮肉之苦還是其次，我最害怕和最忍受不了是他對我們情緒勒索。

心理創傷後遺症

我去到 17 歲睡覺時仍然會尿床，媽媽帶我看過很多醫生，醫生說我有些心理創傷 ，很可能由爸爸造成，但無論我做什麼，看過多少個醫生，他們都幫不了我。由童年到青年這個階段，我差不多每晚都要睡在隔尿墊上，它冷冰冰得像塑膠一樣，令到整張床很不舒服，但沒辦法，如果沒有隔尿墊，我尿床時就會弄髒床褥，亦因為這個問題，我從不去朋友家過夜。

我不想睡覺尿床，但無法控制這件事，起床時整張床濕透，很冷和很不舒服。這個問題影響爸爸比我更多，他經常都會因這件事罵我和懲罰我。記得七歲生日那年，我很想收到顏色筆做禮物，因為我很喜歡畫畫。到我生日那天，我們坐在廚房，爸爸扮到很開心的樣子，我以為他會拿出顏色筆給我，誰知他竟然拿出尿片，然後諷刺地跟我說：「你還未學會怎樣不尿床，不值得收顏色筆，等你學會不尿床，可能會送給你，但現在我不會給你。」

渴望收到顏色筆做生活禮物

總令我不開心的人

我不是他唯一的兒子，他還有兩個兒子，是他跟前妻所生。爸爸好像喜歡那兩個兒子多過我，他們會做爸爸喜歡做的事，例如釣魚、打獵或彈結他，而我並不喜歡這些活動，我喜歡表演和穿不同的服裝。只有一件事我和爸爸都喜歡做就是畫畫，但我也要跟他的做法，不能有自己意見或個人風格。例如我想用很多不同顏色畫一些很特別的東西，他卻想我拿一支炭筆在枱上掃描一些很奇怪的形狀，即是畫一些很寫實的畫。如果我的畫法不對他就會罵死我，會說我什麼都做不到，令他很失望。久而久之令我對畫畫失去興趣，因為會捱罵。

隨著日漸長大，我試過很多次打電話給他嘗試修補關係，但每次見面後他還是令我很不開心。我真的感覺到他非常不喜歡我，但是很喜歡我的妹妹。妹妹出生時，我記得爸爸是非常開心，從沒見過他那麼開心，因為妹妹是他的第一個女兒。當媽媽決定離開他時，他很不開心，他很喜歡妹妹，但又沒有搶走她的權利，不過他試過用不同方法搞破壞。

可憐妹妹成為磨心

媽媽經常跟我說，無論爸爸是怎樣，我都要愛他。但是他對媽媽不是這樣，他經常說媽媽壞話，希望令我和妹妹不喜歡她。媽媽不時會鼓勵我去見爸爸，但每次見完他回家後都會很不開心。我一直成長，爸爸越來越沒有能力影響我的心情，但妹妹就很容易受他影響。每次她見完爸爸回家後會變成喪屍一樣，會無故哭和行為奇怪，不似平日的她，令我們很害怕。爸爸經常都想對妹妹洗腦，令她不喜歡我們。每次她回來，我們都要用一段長時間幫她心理復元。

爸爸眼中只有妹妹

媽媽決定搬去塞浦路斯時，爸爸很不開心，他不想幫我們手，沒有給我們錢，完全不想照顧我們，但同時不知道為什麼，他又不想我們去塞浦路斯讀書，過好一點的生活。但媽媽很想我們過得好一點，因此她用盡所有力氣搬走。我記得當我們去機場準備飛去塞浦路斯時，當時只得一歲大的妹妹突然被拘留，我們跟警察坐了很多個小時。原來爸爸沒有跟我們說就將妹妹列入黑名單，代表她無法出境，除非爸爸批准。他沒有把我放在黑名單上，完全不在乎我是生是死。

幸好媽媽最終找到方法帶妹妹去塞浦路斯，爸爸間中會刻意前來嘗試找妹妹，當知道他來時，我們三個就要在山上租地方藏身幾星期直至他離開，期間什麼都不可以做，不可以出街，不可以讓他見到我們，知道我們住在哪裡。

永別了，我的爸爸！

搬到香港後，我完全沒有聯絡他，我知道聯絡也沒有用，他都會令我不開心，沒有原因要找他。我在香港生活了 12 年，完全沒聽過他的聲音，就算我生日他也沒有跟我說「Happy Birthday」，不知道我在香港做什麼，也沒有興趣知道。2021 年，他帶同最愛的打獵槍開車去森林自殺。雖然聽起來好像很無情，但我第一個感覺是解脫，一個折磨我和我的家人這麼多年的人，終於不用再怕他。同時我也覺得有點遺憾，他折磨別人，其實最折磨是自己。

爸爸不是唯一一個對我不好的人，除了他，還有其他在我生活出現的男人影響我很多。不知道為什麼，很多媽媽選擇的男人都討厭我和打我，其中一個跟媽媽生活了七年，他經常都會打我，有一次他打我打到一個程度是令我害怕得要拿刀自保。我覺得這件事很瘋狂，一個小朋友竟然要拿出一把刀來保護自己。

我對時裝的喜好不被同學接納

我在學校的情況也不見得好，在每間學校我都算是一個出眾又奇怪的學生，我對自己所穿的時裝有特別喜好，令其他小朋友不喜歡。很多時我要提早或等一段時間才離開學校，學校門外有一幫男生等我，他們想打我，不知道為什麼，人人都好想打我。幸好我在學校也有朋友保護我，他們在校時我會覺得安全一點，那段時期的我仍未識得保護自己。如果他們因病請假，我也會特意不上學，避免得自己一個。

恐怖的家庭成員

但在家裡，真的沒有人可以保護我，媽媽也不懂得保護自己，更莫說保護我。我猜她也過得很辛苦，而她的減壓方法是喝酒。她喝得很醉時完全變成另一個人，可以說我多了一個「家庭成員」，她有時在早上分裂成另一個人，有時在夜晚，差不多一星期分裂四至五次。

這個家庭成員沒有打我，但我驚她多過那些男人，身體痛苦不是最恐怖，她最傷害的不是我，而是她自己，有時我倒過來要保護她，以免她做傻事。同時我想保護妹妹，我覺得妹妹不應見到這種情況，她會很害怕，我不想這個家庭成員影響妹妹的心情。這段時間我不再是一個青少年，很多時變成一個家長，有責任照顧那個家庭成員和妹妹。

人生路不熟 遇人不淑

我來香港時很年輕，容易相信人，亦覺得大家不會傷害我，我太易相信人，最後狠狠地傷害了自己。在事業上我相信了一個不應該相信的人，因為我不想再信他，他就在沒有原因也沒有得到好處的情況下，決定要令到我生活得很痛苦，好似想我死咁，他做了一些事情是可以影響和完全改變我在香港的生活。

有一日我收到一個電話，對方跟我說他做了一些事令到我出事，跟之前收到婆婆的電話說媽媽出事作比較，是完全不同。今次我什麼希望都沒有，困在一個無人可以幫我的地方。所有我這麼努力建立和得到的東西，突然之間可以沒有原因就沒有了。

我懷疑我有預知能力

走入錄音室錄廣東歌

最搞笑的是，事發前幾個月我開始嘗試做音樂，錄了一首廣東話歌叫《麻麻哋 Day》。現在回看，我希望從沒寫過這首歌。很多時我發現自己所說的或所寫的，很快會變成事實。聽起來很瘋狂及不可思議，但我發現自己真的有這個力量，所有我說的事情將來都會發生。我當然想一些好事發生，但有時我不想發生的事，我說了出來之後都會發生。

那首歌的意思是日日都過得不太好，出了這首歌後那段時間，我的生活真的變成過得不太好，日日都很辛苦、很無助、很失望。由小朋友到青少年期間，所有大人做的事都影響到我，但我無法控制。今次我的感覺是因為自己信錯人，所以很責怪自己。

是我美化了香港

做了這麼久，辛辛苦苦建立所有自己想得到的東西，努力令大家喜歡我，突然之間所有東西都被那個人拿走，那刻我覺得一切犧牲都不值得，我被這座城市背叛了。之前我很喜歡香港，覺得香港是完美，發生這件事後，突然之間沒有了那個粉紅色眼鏡（比喻過份樂觀），我開始看到香港不好的一面。

我發現香港好似一個倉鼠轉輪（比喻忙忙碌碌卻一事無成），文化逼著你很努力地工作，比其他地方的人更加努力，但最後只會將你困在一個經濟迷宮，即是你很努力賺錢想過好一點的生活，但你還是賺不夠錢買樓，那你就不開心，你不開心就想買東西，周圍都是購物商場，到處都是廣告，整天逼你購物，逼你花錢。

我記得我們拍完那個俄羅斯節目後回港，落機時我很開心，終於回到香港。拍攝團隊看到我很開心，其中一個人跟我說：「一看就知道你不是真正香港人。」真正香港人回港時會不開心，他們會慨歎：

「又回來了！」。但可能從今以後我也會變成一個真香港人。

我把頭髮剃了及收埋自己在家幾個月，真的不敢相信眼前正在發生的事，不想去感受，又不想跟大家說，不可以告訴別人當前情況。就算我說出來，有人會上心嗎？之前我一直專注在工作上，沒有什麼朋友，就算有人想跟我做朋友，我都會選擇工作，即是如果要選擇工作或者跟朋友飲咖啡，我會放朋友飛機，很快變成沒人叫我飲咖啡。另外，觀眾都將我定型為搞笑藝人，期待我開心和講笑話，但那刻我實在開心不來，無論多想也逼不到自己。

又一次絕地反擊

我很需要一個情緒出口，我知道當自己專注創作時內心會很平靜，那段時間我創立了自己的品牌 EARON。之前我有做過設計，這方

面有些少經驗，一直有一個願望是創作屬於自己的東西。為了分散注意力，不再想正在發生的事，我開始用心經營這個品牌。

在香港的茶餐廳，不時見到侍應會將支筆放在耳仔上，就好像我很喜歡的那個麥兜場景，也有一個侍應將支筆放在耳仔上，這就是創作靈感，於是我設計出產品。香港受眾似乎不習慣我做設計，認為這不是我的工作，不明白我在做什麼，所以產品在香港不是很受歡迎。但在外國，特別是美國、俄羅斯和韓國都很受歡迎，很多人支持我的品牌，他們不知道我是誰，單純喜歡我的設計。

眼見有些 K-pop 藝人或我很喜歡的明星都帶著我的設計，由我親自包裝及寄給他們，成件事很不真實、很瘋狂。到現在我仍然很驚訝這個品牌對我生活的影響，每次看回 EARON 的成功，我都會很欣賞和尊重自己。那些人不是因為我出名而幫襯，完全是因為我真的創造出一些有創意和很特別的東西，我什麼都不用做，它自然吸引人想買。

禍不單行鑊鑊甘

可惜我當前所面對的困難原來只是序幕，除了我瘋狂，整個世界都開始跟著瘋狂。我終於解決了那個人所帶來的問題，可以重返工作，但 2019 年香港卻爆發一場史無前例的社會運動。幾個月來無論身在香港什麼地方，都會感覺到和看到大家那份緊張。我分不清究竟發生什麼事，完全想像不到香港會發生這些事。那刻我覺得沒有事可以比目前更差，但之後真的更差，COVID 開始。

社會運動影響我的生活， COVID 直情令生活完全停止。一直以來我做的所有事都是關於工作，沒有什麼個人生活可言，現在工作完全停了，突然之間自己對著自己，困在香港一個細小的家。因為飛機停飛，所以無法回俄羅斯，最慘就是那刻又有一個家庭成員健康出事，但我無法回去幫忙，感覺很無助。

COVID 是一件國際大事，我似乎身處限制最嚴的地方。其實我很想分享我的負面情緒，很想談論這件事，但沒有朋友或家人可以傾訴，在網上也無法跟粉絲或追蹤者分享，他們只會當我搞笑。我決定用最好的方法表達出來，就是繼續寫歌。這是一個完美的出口，我可以寫歌詞、創作旋律、設定風格、拍攝音樂錄像、做封面美術設計等，總之所有事情都可以自己做，我覺得出唱片是我人生中做過最大的 project。

比垃圾更垃圾

出唱片後外界零反應

其實我不想所有事情都自己做，我也很想跟一些本地創作人合作，很多人一起幫我做這張唱片，互相交換意見，被其他人啟發，但不知為什麼他們不接受我，可能因為他們認為我的形象跟他們平時做的事情不搭，於是我就發脾氣決定自己做，原本一個集體創作 project 變成一個孤獨 project。

我習慣把所有信念都放進一個project裡，希望它會改變我的生活，但很多時到最後都沒有帶來什麼改變，令我很失望。這張唱片亦不例外，出街後完全一點反應都沒有，好像沒有人聽過。我成日聽到有人批評某些歌是垃圾，那起碼代表有人聽過，但我出了那張唱片後一句評論都聽不到，這樣更加慘，你花了這麼多時間、金錢和努力，但別人完全不在乎。

負能量嚴重超標

我的抑鬱到那刻越來越嚴重，無論我做什麼都不成功和做得不好。我無法在網上說出自己的感受，這樣做會影響我的工作，而我的工作本來已被其他事情影響了很多，加上我的意見跟別人不同，更難說出口。那刻我很不開心，想的東西都很極端，24 小時都感到很憤怒，為什麼外面的情況影響了我的生活？即是無論我有多努力得到我所擁有的東西，卻因為外面的情況而令我失去這些東西，我卻什麼都做不到。我試過很努力拍一些正面的影片，但是無論我執到幾好也拿不走那種負面氣氛，觀眾給我的反應自然也不太好。

我自覺困在一個惡性循環，我不開心，想做一些事情解決這個不開心，但我做完這些事情後反應不好，結果不好，又令我不開心。沒有人關心我的生活正在發生什麼事，也沒有人關心我為什麼會不開心。一方面沒有人關心，另一方面我自己也沒有說出來。我覺得很搞笑，香港文化好似教你不要關心別人的問題。我記得在香港頭幾個星期，當我打噴嚏時，沒有人會跟我說「Bless you (大吉大利！上帝保佑你)」。但在家鄉如果你在公眾地方打噴嚏，不少人會轉身跟你說「Bless you」，即使你們互不相識。

香港，你好，加油！

在香港，如果我跟別人說「Bless you」，他們會覺得我痴線。我知道這是很小的細節，但當你一出世就被人教導這個習慣，不說代表沒禮貌，一天到晚都聽到這句話，突然之間來到香港變成你不可以跟其他人說，也沒有人跟你說，會覺得很奇怪。我很想知道為什麼會這樣，嘗試回答這個問題，其中一個答案就是在香港，你不應該深究別人的問題，特別是關於健康。你跟別人說「Bless you」，代表你假設對方有病。

就好像我們在外國說「How are you」，其實所有我會說的語言都有這句話，除了廣東話。廣東話是調轉說「你好」，即是你跟別人說話，不是問他們好不好，你不給別人機會解釋發生了什麼問題。香港人只會問人家一個問題，就是「你吃了飯沒有？」其實我吃了沒吃關你什麼事？你想請我吃午餐嗎？為什麼所有事都關於食物？

當你真的有機會說自己心情不好，很多時對方只會回一句「加油」，我很憎這句話，對我來說這跟粗口沒分別，既沒有幫我解決問題，又沒有給我意見，純粹不想再聽到我談論自己的問題，所以你就說這句話。好像打麻將時有人食糊，事情就結束了，加油也是這種效果。我不明白為什麼要加油？不時聽到有人說：「如果你不想人家罵，就不要火上加油」，那為什麼要加油，加油到哪裡？加到他的沙律嗎？

天災人禍 接踵而至

COVID 過後我不時回俄羅斯，這場世紀疫症令大家明白家人有多重要，當我跟他們近一點，內心也會覺得很平靜，可惜俄羅斯那刻卻不想平靜。當時我在莫斯科租了個地方，差不多準備搬過去，預計日後超過一半時間會留在莫斯科，我租了這個地方還未夠一個月就開始打仗了。

有朝我們一起床，戰爭便開始，那個感覺很奇怪，我覺得很內疚，明明我什麼都沒有做過。雖然我知道自己無法控制這件事，但這也沒有讓我好過些。我是在香港唯一一個出名的俄羅斯人，人們將我跟正在發生的事聯繫上，令整件事更加慘。我當時在俄羅斯，幾天之間很多東西都變了，莫斯科由一個先進的城市回到 90 年代，因為制裁關係，我的銀行卡統統失靈，無法付款，飛機亦逐步停駛。我知道要盡快離開，之後未必再有機會，我覺得很內疚，留低我的家人在俄羅斯，但他們不想去其他地方，也因為簽證問題沒有機會去。

那刻我覺得好癲，一件事結束了，第二件事開始，第二件事結束了，第三件事開始，沒完沒了，令我的生活越來越差，處處跟我作對。有一段時間我不想活了，想對抗生命，當2019年發生所有壞事時，我感覺自己身處河流的底部；去到2022年再發生更多壞事後，我覺得自己身處海洋最下沒有太陽進入的地方，無比黑暗。

人生再沒有計劃

在沒有工作的日子，我開始向內審視自己，問自己很多問題。看上去我好像很成功，得到一些大家都很想得到的東西，一個人隻身來到香港，什麼都不懂，什麼人都不認識，語言不通，文化也不同，在短時間內變成第一個外國人有自己的電視節目，跟很多國際品牌合作，有很多廣告，有獎攞，有戲拍，大家都認識和喜歡我，但是好像所有這些東西都不重要，全部都可以突然間被外界的事物所影響而變成一無所有，究竟我那麼努力是為了什麼？我覺得很困惑，我還可以做什麼和朝哪個方向走？

從小到大我都喜歡計劃很多事情，經常有 Plan A、Plan B，清楚知道每步怎樣走，走下去會得到什麼。但發生了這麼多事影響到我的計劃後，我似乎明白了，心態也完全改變了。這是我人生第一次不知道自己正前往哪裡，在做些什麼，完全沒有計劃，漫無目的，令我非常害怕。

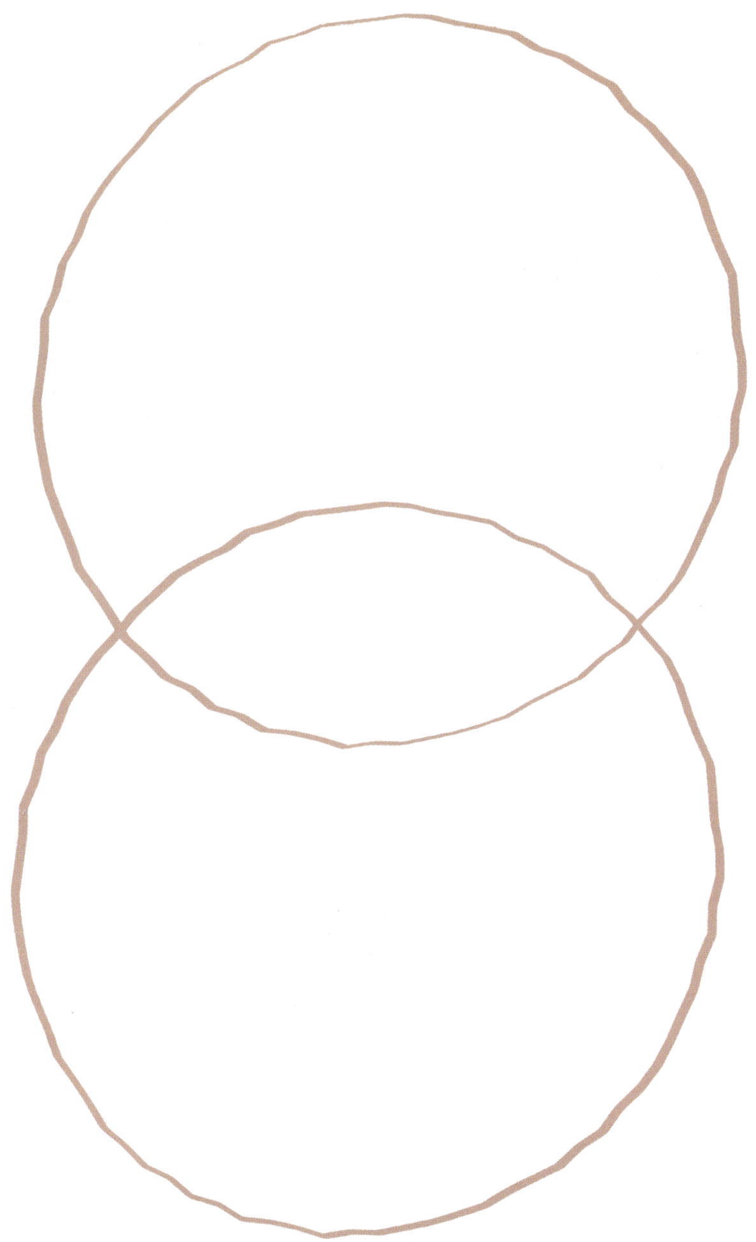

我

Chapter 8

搵返團火 技能升級

開始學廣東話不久，我學會了「無辦法」這句話。那時我覺得很混亂，在我一路用開的語言，無論是英文、俄羅斯文或希臘文都沒有這句話，「為什麼會幫不到那件事？」我們外國人向來的信念是無論發生什麼事都可以自己解決，以及你終會得到很想得到的東西。

成長就是買教訓

而「無辦法」這個邏輯可說是「放下的藝術」，等你可以繼續向前走。很久以前我已學會這句話，但到現在還未完全懂得實踐它。因著我的童年背景，經常要捉緊很多事物，不可輕易放手。以前我常常轉校，家人不會時刻和我住在一起，我的朋友也不多，以至很習慣突然間失去一些東西，任何一分鐘它們都可以離開我。

另外，我經常要故意將自己弄成另一個人去迎合別人，等他們喜歡我，這樣就要犧牲自己獨特的一面。我很想跟別人聯繫，只好隱藏個性上真我的那部分，最後變成別人不是跟真正的我聯繫，這種聯繫不會令我快樂。最近我學會喜歡自己獨特的地方，別人或會覺得奇怪，但我學懂欣賞和珍惜那些不被接受和不被喜歡的部分。

可能這樣說很老土，但隨著你越來越長大，越發現有些人真的能給你一些很好的提示，令你活得更容易。但單單聽這些提示是不足夠，你還要自己去親身經歷，等生活好好給你上一課。日後某時某刻你可能會想起之前聽過的某句話，第一次聽的時候你可能會覺得荒謬，但當你經歷過後再想起那句話就會覺得：「啊，我現在明白了！」

我現在還算年輕，但很細個已開始獨立生活，我學到很多別人還未學過的事，他們再長大一點才有機會學到。我不是要美化創傷，不是叫大家快點去體驗多點生活中的不幸，因為這些不幸不但令我學到很多寶貴的教訓，逐步形成我的個性，同時也為我的生活留下了負面影響。

防人之心不可無

記得之前出發去拍那個俄羅斯節目，我被其中一個攝製隊隊員的說話嚇倒了，到現在我都記得。我們在機場過安全檢查時，後面有一個大肚女人自己一個人拿著很多行李箱，當她的行李箱完成安檢後，其中一個行李箱跌在地上打開了，入面很多東西都掉了出來。當時我很想幫她，於是執拾那些掉出來的物品，但那個隊員立即制止我，他抓住我說不要這樣做，行李箱內可能有違禁品，我一觸碰就會惹麻煩。當刻我覺得這個心態是我聽過最難以置信的，我從沒聽過別人這樣說，非常震撼。

小時候家人教我要幫助別人，不可以對一個身陷困境的人視而不見，一定要伸手幫忙。有時我不是真心想幫，而是覺得必須這樣做，我的意識迫使我出手，不這樣做會覺得很內疚。那個隊員說的話是我之前完全沒有想過的，他好像在我腦裡種下一顆種子，到現在這顆種子仍繼續生長，形成一個自私又多疑的循環。發生這件事，我不能責怪任何人，那個隊員可能之前試過幫人令自己出事，他因為擔心我才出手幫我。雖然他的思維是錯，但怎樣錯都只因他經歷過。現在每次想幫人，我第一時間就會想起這件事，究竟幫人時會否影響自己？

經驗使我變奇怪

我試著對抗這種想法，很討厭它，但無論如何反抗，它仍不斷出現在我腦海，無法制止它。其他不好的生活經驗，同樣會在我腦內留下一些想法，以至日後每次我想做一些好事，就會回想之前的經驗，然後影響我跟新認識的人接觸及互動。新接觸的人未必會傷害我，他們可能真是好人，但我的經驗不會讓我完全相信他們。他們不知道我經歷過的事，我也不會跟他們分享，因為我不信任他們，他們就會覺得我很奇怪。

其實我只不過不想再冒險，令那些不好的經驗再次發生。我經驗過的事，沒有機會跟別人分享，但那些事確實在影響我。同樣道理，關於別人，其實我什麼都不知道，不知道他們在想什麼，經歷過什麼，為什麼這樣做。但當我看到別人很憤怒甚至罵人時，我的經驗告訴我他們之前可能發生了一些事，令他們變成這樣，或他們現正經歷一個很困難的處境，令他們有這樣的行為。為什麼我會有這種想法，識得幫別人找藉口，然後原諒他們，但別人不會這樣對我？

寫這本書時，我剛剛走出一個很辛苦的狀況，可說是生命中一個深淵。已經有好幾年，我覺得生活在跟我作對，無論我有多努力，無論我做什麼，好像整個宇宙都在做盡所有不好的事來測試和破壞我。隨著日漸成長，有些東西好像改變了。外面的世界依舊充滿不確定性，但我內心有了新的看法，這個看法讓我不再受外界影響。我解鎖了一件很重要的事，正正就是我一開始提及的「無辦法」，學會放下的藝術。

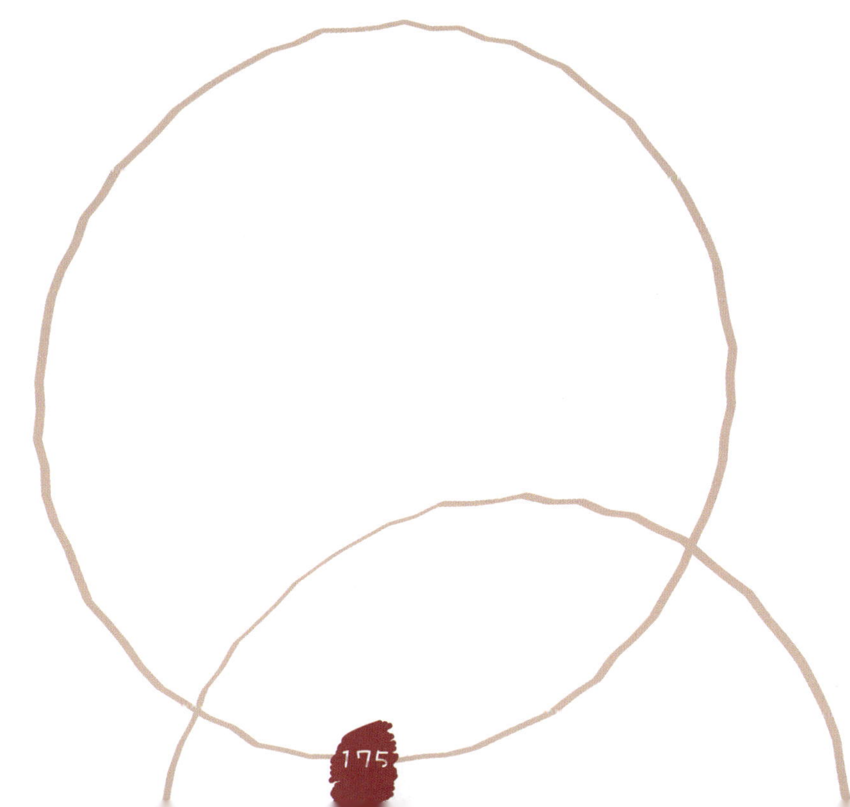

三歲定八十

幼稚園時期的我已熱愛表演

記得小時候我經常都會很想得到一些東西，然後就會捉得很緊，很想控制它們。近來我找到一些舊錄影帶，是關於幼稚園時期，我很興奮地將它們數碼化，很想看看究竟我是一個怎樣的小朋友？那時的我有沒有「火」？是什麼時候團火熄了？接著我看了好幾小時每年幼稚園學期末表演的片段，非常震撼。我發覺自己完全無變過，性格跟現在一模一樣。從片段看到一班小朋友穿上特色服裝在跳舞、唱歌及演戲，當你看見其他小朋友好像被迫演出時，只得我一個很開心，你可感受到我有多享受，如魚得水。

最搞笑是我那時已常常控制別人，我不關心自己的表現，而是專注看其他隊員跳得是否正確，他們有否記住要唱的歌詞或要說的台詞，如果不記得就由我頂上。我完全唔明白，為什麼一個小朋友會這麼關心別人的表現？當我只顧看他們是否表現得好，就會犧牲自己的表現。究竟我的目的是什麼？我是否擔心家長們無法看到最佳演出？如果是這樣，我用自己表演的時間去幫助別人，解決他們的問題，而忽略自己負責的部分，都不會幫到個演出。或者我這樣做是想控制場面，想話事，但無論是什麼原因，我都覺得不合理和不對，總之就是很搞笑。

現實總是不受控

在我生活得很艱難的一段時期，幼稚園發生的事在重複上演。我很強烈地想控制一件日思夜想的事——工作，而我的工作就是表演。可笑的是我沒有好好享受表演那刻，和將自己最好的一面展示給觀眾欣賞，反而是過於集中在控制所有完全不關我事的東西上，等我身邊的人做得好一點，同時腦內正計劃下一步要怎樣做。

然後我發現其實別人的行為都會影響到我，就算我有多想控制他們，他們都未必會完全做到我所要求的，同時有些人我是根本控制不了他們所做的事，這些都會影響到我。任何一個人的行為都可能改變整個世界的狀況，最後我又能控制什麼？

努力活好這一秒

直至近來，我好像終於領悟到，活在當下，享受自己正在做的事，對生活會帶來更大和更正面的影響。我知道將來會得到想得到的東西，之前我總是催迫這件事快點來到，或迫自己做一些事去得到那樣東西。現在我學會放鬆，做回自己喜歡的事，等待那樣東西自己來。

雖然運氣是一個很重要的因素，但是努力更加重要。就好像參加抽獎，你買一張票是有機會贏，但如果你買很多很多張票，贏的機會就更高。有時你看到別人成功，得到他們想得到的，就覺得純粹是幸運，但你不知道他們之前買了多少張票，種下多少種子。

當你看完我以上一大堆話可能會覺得不合理，我一邊說不需要迫那件事發生，不需要那麼努力，接著下一句又說你要買多些獎票令自己贏。放心，我也覺得不太合理和很混亂，但這正正是我腦裡面經常發生的事，這種矛盾有時卻真的幫到我。

一隻多才多藝的鴨

最近我經常想，究竟什麼事會令我開心？我想做多點這件事。我覺得自己是一隻鴨，嘩，用廣東話說好像有點奇怪，英文說就 ok，anyway，我覺得自己是一隻鴨，鴨懂得做很多不同的事，牠識游水但唔叻，識飛但唔高，識行但唔快，沒有一樣做得精。你看那些成功人士，他們通常都有一項經常練習的才華，以至他們很成功，因為他們只專注做好那件事。

但我就喜歡做很多不同的事，絕不願犧牲某些興趣而只專注在一件事上，這會取走我的快樂。之前我做音樂，雖然對我來說沒什麼好處，但回看就會覺得很滿意和驕傲，我想做更多；做設計，創立自己的品牌 EARON，人家有多喜歡，品牌有多成功，都令我很開心，及對自己的設計能力、時尚和藝術品味充滿信心；同時我很喜歡別人引用我的影片，以及看完後能夠振奮人心；加上從小到大我都喜歡做戲，在片場實景拍攝的那個我是最開心的我。我想做這麼多事有錯嗎？

最後我想說，人生只有一次，我覺得最差和最恐怖的事是你整天都想嘗試一些事，但又不給自己機會。到你老了回頭看，就會後悔和內疚沒有嘗試過那些事。

後記 Afterword

這本書是寫給你們看的，如果可以在這裡直接跟你們溝通，會令整件事更特別，我可以清楚回答你們的問題，這是 IG 做不到的。我在 IG 叫大家發問題給我，看看究竟你們有什麼想問：

1) 當你老咗，想唔想留喺香港？

我在香港生活，就算是一個年青人，都令我生理和心理很辛苦。我真的想像不到老了的時候，跟隨這個城市的生活風格會有多困難。之前媽媽搬我們去塞浦路斯，其中一個原因就是讓婆婆的晚年過得好些。那個地方很適合老人家和小朋友居住，有新鮮空氣、有海、有好的學校和基建，整體來說適合休閒生活風格。我婆婆差不多每天都去海邊游泳，對她的膝蓋和體重管理都很好，天天做運動自然更健康更開心。我妹妹和我返國際學校學英文，妹妹還得到了歐洲護照，她現在可以在歐洲任何一間大學讀書。

但塞浦路斯完全不適合 18 至 30 歲的人，它是一個很小的島嶼，沒什麼可以探索，生活圈子很小，機會不多。那些國際公司不會在塞浦路斯開分部，薪酬也不好。這個城市很穩定，但不會成長，如果你很想得到一些東西，未必會得到。所以我在 17 歲時想快點離開這個地方，因為我有很多很多興趣，也有很多目標，想得到很多東西，而塞浦路斯完全是一個退休城市，做不到這些事情；加上沒有和我想法相似的人，那邊的社群很小，從頭到尾我都是與別不同那個。

我想說的是每個城市都有自己的優勢，還有最適合居住的時間。香港依山而建，對老人家來說上上落落很辛苦，就算走在平地，通常都只得購物商場，沒太多新鮮空氣。香港天氣十分悶熱，即使我是年青人，到了夏天也熱到差不多心臟病發。我猜一個老人家在香港要由一個地方去到另一個地方都不容易。我不知道退休金有多少，但我看到所有香港的東西都很貴，如果你去到老人家階段仍未買到一間屋就要繼續交租，那退休究竟需要多少錢？我理想中去到很老仍然可以繼續工作，因為我很喜歡工作。如果真的想退休得很平靜及享受自己的生活方式，香港未必適合我。

2) 如果可以重新選擇一次，仲會唔會嚟香港？

我希望可以在這裡完全誠實地跟你們對話，所以我的答案是「No」。最近我經常和媽媽聊天，想起之前決定來香港的那段時間，我有點責怪她，因為她鼓勵我去亞洲讀書。我真的不知道！我想你也猜得到我無法確切回答「Yes」或「No」，因為我會從多方面去想一件事，令我經常無法確定一件事。

在這個情況下，我一邊覺得香港是一個很辛苦的地方，我不只要在這裡生存那麼簡單，而是要在這裡發展，我覺得如果讓我去其他地方，雖然都是那麼辛苦，但我的影響力可能會更大。例如說，如果我 17 歲時選擇去英國或美國，我不會局限於八百萬人，可能我的影響力會更大，有機會跟那些仰慕的人合作；還有在我掙扎的那些時期，我不會覺得那麼孤獨，因為文化差異不會如此大。

但同時我覺得我的故事還未完，我在香港有自己的成就，可能日後成就更大，只是現在還未看到，那幅砌圖還未砌完。所以回答這條問題，我的答案是「現在，No」，你十年後再問我同一條問題，可能會有不同的答案。

3) 作為一個外型亮眼嘅 KOL，除了被讚「靚仔」，你內心期望得到別人對你邊一方面嘅才能認同？

我發誓從不覺得自己靚仔，每次照鏡或看自己的照片都沒有好話說，不會讚自己。我都很想自己是靚仔，或感覺自己是靚仔，有誰不想？如果我可以什麼都不做，純粹因為靚仔而成功的話，那就很棒了。但事實不是這樣，我不可以單單依靠靚仔，就好像之前當model，你看我是無法維生。

說回我的外貌，我很懂得做好自己，知道有什麼地方不夠好和如何去改善。例如我可以分辨哪些顏色和剪裁的衣服較適合我，哪些髮型適合我的面形，我很努力健身讓身體變得更好更健康，自然會比較吸引，我還會花很多錢管理皮膚，所有事加起來變成大家覺得我有吸引力。但我更希望別人記得或欣賞我的創意，直到現在，我只能在影片中展示創意，但我更想別人看到我的設計、行銷及演戲能力。

我不是很懂得讚賞或欣賞自己的東西，不覺得自己做了一些很出眾的創作，也沒有一些作品令自己很深刻，但當看回以前有關創意藝術的 project，就開始懂得欣賞自己的創意思維和思考過程，希望自己能繼續勇於創作，得到更多人認同。

4) What is your future plan？(你的未來計劃是什麼？)

在這本書我也說了很多次，因為在計劃事情時往往遇到很多失望和阻礙，所以到這一刻，我覺得有計劃未必是好事。我內心深處知道自己想得到什麼，我想成為中西文化的橋樑，想用一個有創意和有影響力的方法去做這件事。同時我希望可以發揮無限創意在所有想做的事情上，對別人生活有影響。我不知道怎樣確切做這件事，可能最好的方法就是隨遇而安，生活自有安排，我要做的是張開眼睛迎接面前的機會，相信它會帶我去一個想去的地方，這是我近期的做法。最重要我想學會如何享受當刻正在做的事，計劃未來只會令我無法好好享受現在。

5) 你有冇試過想離開香港，放棄做緊嘅事？

哈哈，我每天都在想這件事，可惜我和香港是一個毒性關係，一段不太健康的關係。我們一起經歷了很多，她教了我很多東西，也給我很多東西，同時又取走很多東西。我很努力嘗試改變她，給她一個好的示範，跟她說如何可以做得更好，但她不聽我話，不想改變。

我知道她喜歡我，我也喜歡她，但無論我有多努力去重拾那些美好回憶，她繼續令我記得那些黑暗面。我們在一起很久，但她對我好像完全不了解，漠不關心。我學了很多她的為人作風，還有很懂得她的處事手法。她需要我時就來找我，但我需要她時她不會回覆我。我們試過傾很多很多次，每次她都承諾會改變，我相信她，但最後她都做不到。無論如何，我們決定結婚了！

6) 如何渡過低潮期 / 迷惘，如因為過去經歷令自己難用開放心態識人，建議睇咩書？

我覺得你和一個人做朋友是最重要，那個人就是你自己。我知道之前的經歷會影響你，一層一層蓋在你身上，等到整個世界完全看不到你，但同時它會幫你從內看自己。我之前常常都想跟別人聊天或分享，但最後我發現人是有限制的，他們未必想關心我的事。你應該學會做自己的保護者，做自己的最強後盾，一個人都能過得很開心。我不是叫你完全不需要跟別人接觸，但要學會陪伴自己，以及很清楚明白自己的情緒，這會給你信心和力量，從而吸引其他人。我本身不看書，我寫的這本書是我第一本看完的書。

7) 你開心嗎？

最重要的問題往往是最簡單，說真的，我不是完全開心。小時候，我很清楚記得自己有多開心和隨心，去到某刻我會覺得極度興奮。最近回想這段日子，發現自己已很久沒有這種感覺，很嚇壞我。我記得最低潮那段時期曾有一個很可怕的想法，如果我不再那麼開心點算？我不會再體驗到那種快樂嗎？這個想法令我很害怕，很擔心未來。但同時我問自己，什麼才能令我真正開心？

小時候覺得自己懂得如何開心，那時要求不高，快樂很簡單。隨著人生可能性和責任感越來越多，那個盛載快樂的杯也越來越大，要載滿這個杯而令到自己很開心是非常困難。我覺得現在已經在路上，很快就能再次感受那種興奮，很期待再次體驗它，並要學會日後如何更容易感受它。

更多相片

Good Year 出版

本身有寫書的腦細希望為香港出版界帶來新的經營模式，鼓勵作者自由創作，同時確保他們能獲取應得的收入；並堅持僱用香港員工、在香港印刷，誓要成為真正的香港出版社。

goodyear_publisher

Good Year 出版

Good Year 出版網店

出版作品包括：

犯罪烏歌 2: 屍山血海

恐懼異聞錄

J Lou 林欣 —
似鬼妹嘅香港人成長誌

徐天佑—
療癒覺醒

如何活出燦爛人生

區明妙—
「日月少女」

比賽之形，人生之型：
劉慕裳

再一次，放浪地球

毛守救援—
用一生守護流浪毛孩

Zoe 生酮飽住瘦

衛城道 6 號

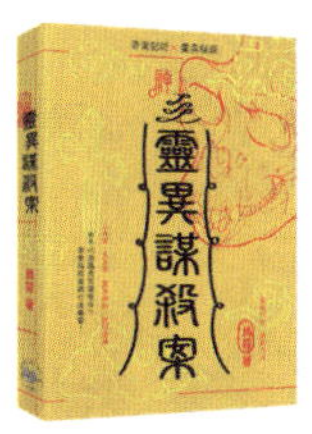

靈異謀殺案

韓國原來如此地獄？！
在地香港三寶媽的生存手記

作者：Ansheles
出版人：卓煒琳
編輯：區杏芝
美術設計：李偉洋

出版：好年華生活百貨有限公司
地址：香港葵涌和宜合道151-157號勝利工業大廈5樓A座14室
查詢：gytradinggroup@gmail.com

發行：一代匯集
地址：香港旺角龍駒企業大廈10樓B and D室
查詢：27838102

國際書號： 978-988-70842-4-2
出版日期：2025年1月
定價：港元135

Printed in Hong Kong